Larry Brown

92 jours

*Traduit de l'américain
par Pierre Furlan*

Gallimard

Larry Brown est né à Oxford dans le Mississippi où il vit encore. Il fréquenta brièvement l'université du Mississippi sans en être diplômé. Après avoir exercé de multiples petits boulots — bûcheron, charpentier, peintre, nettoyeur de moquettes, tailleur de haies — il fut pompier pendant seize ans. Un éditeur remarque un jour une de ses nouvelles dans un magazine et, enthousiasmé par son écriture forte, décide de prendre contact avec lui : il lui demande s'il aurait d'autres nouvelles à publier. L'écrivain lui répond qu'il en a des centaines ! En quelques années, Larry Brown est reconnu comme grand romancier, par la critique qui lui décerne de nombreux prix tel le Southern Book Critics Circle Award for Fiction, comme par les lecteurs. Ses romans mettent en scène des personnages désabusés, souvent marginaux, comme Joe, héros du roman éponyme. Joe a la cinquantaine, aime l'alcool, le jeu et la castagne. Il conduit trop vite et dégaine encore plus vite. Il rencontre un jour Gary Jones, qui pense qu'il a quinze ans et fait les poubelles pour survivre. Quand leurs chemins se croisent, c'est Joe, l'homme sans avenir, qui offre sa chance à Gary…

Sale boulot offre un autre face-à-face saisissant : Braiden Chaney n'a plus ni jambes ni bras. Walter James, lui, n'a plus de visage. Ils les ont tous deux perdus au Viêt-nam. L'un est noir, l'autre est blanc. Vingt-deux ans plus tard, ils se retrouvent dans la même chambre d'un hôpital pour vé térans dans le Mississippi. En l'espace d'une très longue nuit, ils se racontent et, en une nuit, tout est dit sur la guerre, tout est dit sur la souffrance, sur la mort et la compassion. Le Sud profond des petits Blancs est au centre de *Père et fils* avec ses sombres secrets macérant depuis deux générations qui explosent soudain à la surface, laissant entrevoir comment le mal peut suppurer dans le cœur d'un homme et le ronger jusqu'à l'âme.

Quant aux nouvelles de *Dur comme l'amour*, dont est issu *92 jours*, tous leurs héros vivent au fin fond du Mississippi, aiment conduire des pick-up dans des rues mal famées avec des glacières remplies de bières à portée de main. Ils fréquentent les bars locaux, ont raté leur mariage. Ils parlent peu, ont une faiblesse fatale pour l'alcool, les pick-up et les femmes faciles. Tous pensent trouver une sorte de salut dans une quête intrépide de l'amour.

Les livres de Larry Brown sont édités en France, mais aussi en Allemagne et en Angleterre. Tous tournent autour du bien et du mal, de la tentation, du sacrifice et de la rédemption. En quelques années, Larry Brown s'est imposé comme l'un des écrivains américains les plus singuliers et les plus talentueux.

Découvrez, lisez ou relisez les livres de Larry Brown :

JOE (Folio Policier n° 209)

SALE BOULOT (Folio Policier n° 249)

Pour Buk

1

Monroe est passé me voir un jour, peu après mon divorce. Il avait de la bière. J'étais content de le voir. J'étais surtout content de voir sa bière.

« Tu prends tout ça comment ? m'a-t-il demandé.

— Pas mal, je suppose.

— Voilà une bière.

— Merci.

— Les femmes ! il a dit. Bordel.

— Tout juste. »

Nous sommes restés assis là à boire sa bière. Je n'avais presque plus d'argent. J'étais trop mal en point pour écrire quoi que ce soit. J'avais essayé à plusieurs reprises et je m'étais retrouvé à me ronger les phalanges. J'avais peur d'avoir perdu à jamais mon inspiration. Et j'arrivais aussi au bout de mes provisions.

« Quand est-ce que tu vas te trouver un boulot ?

— J'en sais rien. Il m'en faut un, pourtant. J'ai besoin de fric.

— Je peux t'engager pour quelques jours à peindre des maisons.

— Merci, Monroe. »

J'ai commencé l'après-midi même. Ça s'est plutôt bien passé. C'était un travail relaxant, qui ne mobilisait pas trop l'attention, qui ne m'obligeait pas à penser. Je réfléchissais à plein de choses, mais pas à ce que je faisais. J'avais décidé que j'allais vivre au jour le jour. Travailler quelque temps puis laisser tomber, vivre de ce que je venais de gagner et écrire jusqu'à ce que l'argent soit épuisé. Me remettre à travailler quelques jours de plus et ainsi de suite. C'était un plan qui m'était venu sur une impulsion, mais dès que je l'ai adopté je me suis juré de m'y tenir tant que je vivrais.

Au bout de trois jours, Monroe m'a donné cent quatre-vingts dollars. Je me suis acheté des provisions et de la bière. C'était tout ce dont j'avais besoin. Ah oui, deux cartouches de Marlboro. J'avais un endroit où habiter. J'avais un lit, une chaise, quelques livres et disques.

Le premier soir, je suis resté assis là à fixer une feuille de papier blanc.

Le lendemain soir, pareil. Rien ne me venait. J'ai compris que j'avais perdu mon inspiration.

Il faudrait que je sois peintre en bâtiment le reste de ma vie.

Le troisième soir, j'ai tapé un paragraphe et je l'ai jeté. Le quatrième soir, j'ai démarré une nouvelle histoire.

2

Dans le courrier, avec le manuscrit d'un de mes romans que me renvoyait un agent de New York, j'ai trouvé une lettre. Je l'ai lue en buvant une bière et en fumant une cigarette. Elle disait (en plus de « Cher Monsieur Barlow ») :

Nous vous renvoyons votre roman, non parce qu'il n'est pas publiable, mais parce que le marché, actuellement, n'est guère réceptif à des histoires de camionneurs ivres transportant du bois, de bouseux et de chasse au cerf. Nos remarques concernent davantage la mise sur le marché de ce roman que la possibilité pure et simple de le publier. Bien qu'il soit très drôle en beaucoup d'endroits et extrêmement bien écrit, avec une bonne intrigue, de vrais personnages, des dialogues rafraîchissants et de belles descriptions, qu'il soit dépourvu de fautes d'orthographe ou typographiques, nous ne pensons pas que nous puissions le placer. En revanche, c'est avec grand plaisir que nous lirons d'autres choses de vous, soit déjà écrites, soit que vous écrirez à l'avenir.

C'était signé par un quelconque connard. Je n'ai pas lu son nom. J'ai glissé une feuille de papier dans ma machine et j'ai rédigé ma réponse :

Vous, monsieur, n'êtes qu'un ignare. Comment pouvez-vous savoir que ça ne se vendra pas, bordel, si vous n'essayez même pas ? Et puis, est-ce que vous croyez que je peux vous en chier un autre en cinq minutes ? Ce putain de roman m'a pris deux ans de travail. Avez-vous la moindre idée de ce que ça coûte à quelqu'un ? Vous aimez jouer au Dieu tout-puissant avec nous, là-haut. Vous avez gardé mon manuscrit trois mois sans même le faire passer à des éditeurs. Alors que moi, pendant ce temps-là, je croyais que quelqu'un se tâtait pour l'acheter. Je regrette que vous ne soyez pas dans le coin. Je vous botterais le cul. Je vous le défoncerais à coups de pompes et j'y ferais un trou boueux que j'essuierais avec mes semelles. Espèce de bouffeur de merde. Je vous souhaite de perdre votre job. De toute façon vous le faites comme un con. Je souhaite que votre femme vous file une chaude-pisse. J'aimerais bien que vous fassiez mon boulot et moi le vôtre. Ça vous dirait, de peindre quelques maisons par quarante degrés ? Je peux vous garantir que c'est pas si marrant que ça. Je vous souhaite de vous faire écraser par un taxi en rentrant chez vous. Et puis de crever au bout d'un mois dans des douleurs atroces.

J'ai remonté la feuille et je l'ai lue. Elle m'a paru pas mal. Elle exprimait exactement ce que j'éprouvais. Grâce à elle, je me sentais bien mieux. Je l'ai relue, puis je l'ai sortie de la machine, je l'ai déchirée et je l'ai jetée. C'est alors que je me suis mis à mon histoire.

À quatre heures du matin, j'y étais encore. J'aimais bien travailler en pleine nuit. Il n'y avait de bruit nulle part. Rien n'obligeait mon esprit à se détourner de ce que j'avais juste devant moi.

J'ai terminé cette nouvelle, je l'ai lue, j'ai pris une enveloppe, rédigé l'adresse, collé les timbres et mis les feuillets dedans. Je l'ai portée à l'extérieur, dans la boîte aux lettres au bout de l'allée. Je savais qu'elle allait rester quelque temps loin de moi et qu'elle me reviendrait sans doute avec quelques mots superbes sur la lettre de refus.

Je frappais à la porte. Il y avait des années que je frappais, mais il leur en fallait, du temps, pour me laisser entrer.

Je suis revenu dans la maison, j'ai éteint les lumières et je suis allé au lit. Seul.

3

Plein d'amis sont passés me voir. Raoul, entre autres. Raoul travaillait dans l'agriculture sur un avion-pulvérisateur, et il avait fait fortune en ramenant par avion, de nuit, toute une cargaison de marijuana à Jackson dans le Tennessee. Il avait des cousins à Caracas. Il était donc bourré de fric, et à présent il essayait d'écrire. Il écrivait surtout de la poésie et il souhaitait que je la lise. Le soir où il est passé, il a apporté trois ou quatre poèmes. Il avait aussi pas mal de bière. J'étais heureux de le voir. Mais moins de voir ses poèmes.

« Hé, Barlow, j'ai quelques nouveaux poèmes », m'a-t-il dit.

Il m'avait surpris à ma machine à écrire, dans l'acte même qui, bien sûr, m'était presque sacré.

« Je suis pas mal occupé, Raoul. J'essaie d'écrire.

— Hé, *man*, allez, je t'ai apporté de la bière. Viens t'asseoir et lis ces poèmes. »

Je n'avais aucune envie de m'occuper de lui, mais j'étais pratiquement à court de bière.

« Je les lirai, mais seulement si tu me laisses de la bière. J'essaie d'écrire.

— Hé, *man*, prends toute la bière que tu veux. Mais tu comprends ce genre de truc, Barlow. Lis ces poèmes. Dis-moi ce que t'en penses. »

Raoul s'est assis sur le canapé et je me suis mis à regarder ses poèmes.

« J'ai trouvé des meufs qu'on peut aller retrouver plus tard, Barlow.

— Super, Raoul. »

Le premier poème parlait d'un torero, et il était rempli de sang et de sable. Beaucoup de morts dans l'après-midi, aussi. Mais le torero était une couille molle : il n'arrivait pas à affronter les taureaux. À la fin, alors qu'il s'était mis à fuir devant l'un d'entre eux, il s'est pris une corne dans le cul et a dû subir l'ablation du côlon. Ensuite, il est resté allongé sur un lit de camp jusqu'à la fin de sa vie, dans un bar, à sucer sa bouteille de tequila.

« Ce poème est nul, Raoul. » Je l'ai mis de côté et j'ai pris le suivant. « Je crois qu'il vaudrait beaucoup mieux que tu essaies d'en faire une nouvelle.

— Je sais, *man*, je sais. Mais le problème, *man*, c'est que j'y connais rien, en prose. J'y connais rien, en *prose*. »

Le poème suivant parlait d'un éboueur qui tentait chaque jour de sentir les roses de la vie. Si mauvais que soit ce poème, Raoul avait mis le doigt sur quelque chose. Il touchait un endroit où les gens ont mal, ou en tout cas il essayait. Pour cela je lui ai donné un A.

17

« Écoute, Raoul, t'es un brave mec. T'as un peu d'humanité en toi, même si t'as déversé pas mal de dope dans les rues de Jackson.

— Ça a juste été un coup, une fois, *man*.

— Bon, Raoul, on s'en fout. Si tu veux écrire, il faut que tu t'enfermes dans une chambre et que tu écrives.

— J'ai pensé à le faire, *man*. »

J'ai pris une de ses bières et j'ai regardé le poème suivant. Il s'appelait « Viva Vanetti » et parlait d'un tueur de la Mafia qui pesait deux cents kilos et portait le surnom de « Saucisse Salsa ». Il tuait les gens en leur enfonçant la tête dans des bacs de pâte à pizza.

« Celui-là aussi est nul, Raoul.

— Lis le suivant, *man*.

— Comment fais-tu pour écrire un bon truc et de la merde l'instant d'après ?

— J'en sais rien, *man*. Ça me vient, c'est tout. »

J'ai grommelé quelques jurons et pris le dernier poème. Il démarrait fort. Le narrateur braillait des trucs sur une chatte perdue et des matous en chaleur derrière les poubelles. Il y avait la touffeur d'une nuit d'été en pleine ville. Des mecs shootés, des crans d'arrêt, des flics qui giflaient des gens et leur gueulaient en plein visage. Il y avait des gens coincés dans des escaliers de secours et des gorilles échappés du zoo. Il y avait tout, là-dedans. J'étais un peu vexé de ne pas l'avoir écrit moi-même. C'était un A plus plus.

« Fantastique, Raoul. Ton putain de truc est fantastique. Ce sera publié. »

Je ne lui ai pas dit que ça pourrait prendre dix ou quinze ans.

« Sans déconner, *man. Sans déconner ?*

— J'sais pas comment tu y es arrivé, je lui ai dit. Tu devrais t'attaquer à des nouvelles. »

Raoul s'est levé et s'est mis à déambuler dans la pièce.

« Oh, putain, *man*, disait-il. Oh, putain !

— Allons chercher les meufs, Raoul. » J'étais prêt pour les femmes.

« Ah, merde, *man*, on peut pas y aller maintenant. Il faut que je rentre chez moi et que je tape une copie propre de ce poème. Il faut que je l'envoie au courrier, *man* ! »

Là-dessus, il a foncé dehors. Puis il a refoncé dedans et m'a arraché le poème des mains.

« Merci un million de fois, Barlow ! Je t'oublierai jamais, pour ça ! »

J'ai encore bu quatre ou cinq de ses bières en méditant sur l'injustice en toute chose. Un mec comme Raoul pouvait faire un gros coup et être peinard le reste de sa vie. Mais la poésie n'était qu'un passe-temps, pour lui. Ce n'était pas une question de vie et de mort, pour lui. Tout ce qui l'intéressait, c'était de voir son nom dans un magazine. Il n'allait pas crever de faim pour son art. Tandis qu'il me restait trente-deux dollars et que j'étais près de crever de faim pour le mien.

Je me suis mis à écrire une autre histoire.

4

Ma mère est passée me voir. Cet après-midi-là, j'avais déjà bu quatre ou cinq bières. Je savais qu'elle allait me bassiner avec un tas de trucs que je ne voulais pas entendre.

« Comment vas-tu ? a-t-elle dit.

— Ça va.

— Tu as vu les enfants ?

— Pas récemment.

— Eh bien, qu'est-ce que tu vas faire ? »

Je voulais prendre une autre bière, mais mon éducation m'interdisait de boire devant ma mère.

« Que veux-tu que je fasse ? Je vais continuer à écrire.

— Après tout ce que ça t'a coûté.

— Ouais.

— Après que ça t'a fait perdre ta famille.

— Ce serait quand même un peu absurde d'arrêter maintenant, tu ne crois pas ? »

Elle s'est mise à pleurer. Je l'avais prévu. Tant pis, j'ai pris la bière. Elle pensait sans doute : comment ai-je pu élever un enfant aussi froid ?

Je me suis assis avec elle.

« Écoute, maman. J'y peux rien, si c'est ce que je veux faire. Il ne s'agit même pas de volonté. C'est une *nécessité*, je peux pas vivre sans ça.

— Bon, mais comment vas-tu vivre ? Tu n'as même pas de travail. »

J'ai regardé par la fenêtre.

« Je travaille quand j'ai besoin d'argent. Je peins une maison de temps à autre. Je travaille un moment et puis j'écris un moment. Ça va. Ne t'en fais pas pour moi.

— C'est pour mes petits-enfants, que je m'inquiète. Comment vas-tu faire pour verser leur pension alimentaire ? Quand est-ce que tu vas les voir ?

— Je pense que j'irai les voir quand elle me donnera la permission. Tu les a vus, toi ?

— Oui.

— Qu'est-ce qu'ils ont dit ?

— Ils voulaient savoir quand tu rentrerais à la maison. »

Et elle s'est remise à pleurer.

5

Je n'avais pas fait l'amour depuis soixante-quatre jours à peu près, ce qui n'est pas facile à supporter quand on a été marié et qu'on a pris l'habitude de le faire chaque fois qu'on en a envie. Je ne connaissais pas un grand nombre de femmes et j'avais du mal à communiquer avec elles. Et celles que je connaissais étaient presque toutes les amies de mon ex-femme ou mariées à des amis à moi. Je n'avais jamais l'occasion de dire aux femmes ce que je pensais vraiment de la gent féminine en général, et combien je trouvais les femmes merveilleuses. J'avais composé plusieurs poèmes sur les femmes sans jamais en envoyer aucun à ces revues littéraires qui paraissent tous les trois mois, mais fondamentalement ils chantaient tous les mérites des jambes, des seins, des cheveux longs et des ongles des pieds vernis, des lèvres rouges et des mamelons. De temps à autre, je sortais ces poèmes, je les lisais et je les rangeais de nouveau.

Mes enfants me manquaient. C'étaient comme de grandes déchirures, des trous dans ma vie, et je savais que j'avais, moi aussi, fait un grand trou dans la leur. J'espérais que leur mère aurait assez de bon sens pour épouser un brave mec qui s'occuperait d'eux et leur donnerait un foyer, une éducation, de la nourriture et de l'amour. Je savais qu'il n'y aurait jamais de réconciliation. Leur mère n'en voulait pas, et moi non plus. Nos enfants et nos parents étaient sans doute les seules personnes à la souhaiter. Je n'avais qu'une vie, et il n'était pas question que je la passe d'une

manière qui me rendrait malheureux pour satis-
faire quelqu'un d'autre. J'avais déjà connu ce
genre de vie — bien trop, en fait.

6

Mon argent s'étant épuisé, je savais que je devrais retourner au travail. Je savais aussi que
l'avocat de mon ex-femme allait sous peu me
harceler pour une pension alimentaire que je
n'avais pas les moyens de verser. J'ai envisagé
un boulot à temps plein pendant à peu près
quinze secondes, et puis j'ai compris que puisque j'avais choisi de dire « désolé », je préférais
le faire à temps complet.

J'ai recommencé à peindre des maisons. J'en
ai peint à Oxford, à Taylor, à Toccopola, à Dog-
town. Je portais des vêtements maculés de peinture et je me suis laissé pousser les cheveux et la
barbe. J'écrivais la nuit avec de la bière dans la
glacière par terre à côté de mon bureau. Toutes
mes nouvelles m'ont été renvoyées. J'ai acheté
une petite balance à courrier et j'ai pesé mes enveloppes de façon à les timbrer au centime près
avant de les réexpédier ailleurs. Rien. Rien. Personne ne voulait de mon travail. Il m'arrivait
d'écrire toute la nuit et de sortir en titubant le

matin pour aller peindre des maisons. J'ai peint pendant vingt-trois jours d'affilée, puis j'ai pris mon argent et me suis retiré de nouveau. Mais d'abord j'ai foncé au supermarché. Vingt kilos de culotte de bœuf que je pouvais faire cuire et conserver au frigo. Du salami, du saucisson fumé. Du fromage. Du chili con carne et des hot dogs. J'ai acheté quelques biftecks hachés surgelés, une viande qui avait déjà viré au marron mais qui était bon marché et tout à fait consommable. J'ai rempli le reste de mon chariot avec de la bière et des cigarettes.

Les jours qui ont suivi ont été bien. Je dormais jusque tard dans la matinée, je me levais, je lisais le journal, je me préparais du café et un petit déjeuner, puis je m'asseyais et me mettais à écrire. Des nouvelles, rien que des nouvelles. Le dernier roman m'avait pris deux ans, et je n'étais pas prêt à m'engager tout de suite pour une aussi longue période. J'arrivais à écrire une nouvelle en deux jours, à la réviser en deux heures, et j'étais prêt à en commencer une autre. J'écrivais tout l'après-midi, je m'arrêtais un instant pour me préparer quelque chose à manger le soir, puis je me remettais à écrire. Je ne pouvais rien faire d'autre que de continuer. J'avais déjà pris toutes mes décisions.

7

Quand je l'ai vue, j'ai trouvé qu'elle avait mauvaise mine. Elle entrait dans un bar avec d'autres gens au moment où j'en sortais. Comme elle s'est arrêtée en me voyant, j'ai dû m'arrêter aussi. Les personnes qui l'accompagnaient m'ont adressé quelques paroles brèves : c'étaient des amis à nous, à mon ex, des ex-amis à moi, manifestement. Des gens qui étaient venus chez nous, qui avaient mangé avec nous, qui avaient partagé notre vin et notre musique. Ou alors ils voulaient simplement se tenir à l'écart. Je ne pouvais pas le leur reprocher. La fin n'avait pas été jolie. La fin avait été moche. Des gens moches avec des mots et des phrases moches : une méchanceté à vous faire gerber dans le caniveau. Moi, elle, tous les deux.

Je ne lui ai pas demandé où étaient les gosses. Je ne voulais pas paraître accusateur. Je ne voulais pas paraître soûl, mais je l'étais. Ça faisait quatre heures que j'étais là. Je comptais aller introduire d'une main branlante ma clé de contact dans l'orifice du tableau de bord. Tout ce qui serait dit serait oublié dès le lendemain matin. Il ne me resterait qu'un trou noir avec mon ex debout au milieu, une image de son visage qui me bercerait pour m'endormir sur mon oreiller.

« Salut, a-t-elle dit.

— Salut.

— Tu t'en vas ?

— Moi ? Ouais, ouais, j'crois bien. Tu fais quoi ?

— Oh, rien. Je suis juste venue par ici pour trouver quelqu'un à baiser. C'est bien ça ?

— J'en sais rien.

— Eh bien, c'est ça. Je baise tous les mecs que je peux. Tu sais comment c'est, quand on essaie de baiser tous ceux qu'on peut. »

Comme je ne répondais rien, elle a poursuivi toute seule.

« Ouais, j'essaie d'en réunir assez pour qu'on ait une vraie partouze vers minuit, si je peux. Si je peux en trouver assez qui soient pas trop bourrés pour tirer un coup. Il y a plein de mecs qui ont ce problème, tu sais. Ils commencent à boire de la bière vers neuf heures du matin, puis ils picolent toute la journée, et quand le soir tombe, il y a du mou dans la gâchette.

— Ça va, toi ? ai-je demandé.

— Non. Je me fais pas tirer assez. C'est un de tes coins, ici ?

— J'y viens de temps en temps.

— Je parie qu'il y a de sacrées putes, ici. Forcément.

— Apparemment, tu y es.

— Ouais, mais je viens juste d'arriver.

— Où sont les gosses ?

26

— Mêle-toi de tes oignons. Où est mon fric ?

— Quel fric ?

— Oh. T'as pas encore reçu la lettre de mon avocat ?

— Non.

— Tu l'auras sans doute demain. Il l'a postée hier. J'espère que t'es prêt à allonger la pension de trois cent vingt-cinq dollars.

— Trois cent vingt-cinq ? Je croyais que c'était cent soixante-quinze.

— T'es obligé de payer les frais d'avocat. Il aime pas attendre son argent. Tu vas lui verser cent cinquante pendant cinq mois. Et puis tu pourras revenir à cent soixante-quinze, mais après je demanderai au juge de la remonter à trois cent vingt-cinq parce que ça ne me suffit pas, avec deux enfants à nourrir et les mensualités de la maison. T'as réussi à baiser quelqu'un, ici, ce soir ? »

Je l'ai juste regardée un instant.

« Pourquoi faut-il qu'il y ait tous ces trucs moches ? Pourquoi est-ce que tu te crois obligée d'agir comme ça ? Est-ce que tu me détestes tant que ça ?

— Je veux, oui, que je te déteste. Et je vais te faire payer chaque nuit que je dois passer toute seule.

— J'ai pas l'argent que tu me demandes.

— T'as intérêt à le chier, alors. Ta maman m'a dit que tu faisais de la peinture en bâtiment.

27

— Bon. Un peu.

— Eh bien, les gosses n'ont pas posé de questions sur toi. Je leur ai dit que tu nous avais quittés. T'as intérêt à peindre plein de maisons, c'est tout ce que je peux te dire.

— Je travaille pas tant que ça. J'essaie d'écrire aussi.

— Ha ! T'as intérêt aussi à oublier ces conneries. Tu vas pas divorcer d'avec moi et croire que tu vas être peinard pour faire ce qui te plaît. Oh non, rigolo… Moi et les gosses, on passe en premier. Tu les as mis au monde et tu vas t'en occuper jusqu'à ce qu'ils aient vingt et un ans. Et si ça te laisse pas assez de temps pour ta vie, tant pis pour ta fiole.

— T'es vraiment obligée de me foutre en rogne comme ça ? De me donner envie de te défoncer la gueule ?

— Vas-y, te gêne pas. Je te ferai foutre en taule si vite que t'en auras le tournis.

— Quand est-ce que je prends les gosses ?

— Quand je serai prête.

— C'est pas ce qu'a dit le juge.

— Bon, eh bien fais-moi savoir quand tu les veux. Mais ils peuvent tomber malades de temps à autre, tu vois. Et il est *possible* qu'ils soient justement partis à ce moment-là. »

Son vœu le plus cher, alors, était que je tombe à genoux, que je lui saisisse la jambe et que je la supplie de me reprendre pour qu'elle ait le plaisir de me dire non. Son vœu le plus cher était de rester pleine de haine et d'amertume le reste de sa vie, de transformer son existence en histoire secrètement tordue et perverse qui la torturerait elle autant que moi. On lit parfois dans les journaux des comptes rendus de meurtres, entre hommes et femmes, maris et femmes, ex-Adam et Ève. Voilà comment ils se produisent.

8

Si j'ai assassiné quelqu'un ce soir-là, je n'en avais aucune conscience le lendemain matin. Je me suis réveillé en sueur : la chaleur me donnait le vertige. J'ai fermé les fenêtres et baissé les stores, mis la climatisation en marche et je me suis fait du café. Tandis qu'il passait, j'ai soulevé une pendulette et je l'ai regardée : onze heures trente. Le facteur était déjà passé, c'était certain. J'ai enfilé un blue-jean, mis mes sandales, et je me suis rendu au bout de l'allée. Il y avait trois enveloppes havane dans la boîte aux lettres. Je suis rentré avec ces petites bêtes bien coincées sous mon bras.

Je me suis versé une tasse de café et j'y ai ajouté un peu de sucre mais pas de lait. J'ai allumé ma première cigarette. J'étais de nouveau presque à court de bière, mais j'espérais que Monroe ne viendrait pas m'embêter.

Ce qu'on m'annonçait n'était pas bon, mais j'avais l'habitude. Je me suis assis sur le canapé avec mon café, mes cigarettes, un cendrier et mes trois récits. Tout ce dont je me souvenais était qu'elle avait été ignoble avec moi et puis qu'il y avait eu une branche de pin coincée sous ma roue pendant que je rentrais chez moi. J'ai regardé mes tennis sur le plancher. Il y avait de la boue et des aiguilles de pin collées dessus. J'ai ouvert la première enveloppe.

C'était un mot de refus pur et simple en provenance de la revue *Spanish Fly*. Quelqu'un avait gribouillé dessus : *C'est bien, continuez.* Puis des initiales également gribouillées. Quoi ? C'est bien, mais pas assez pour qu'on le publie ? C'est assez bien pour qu'on le publie, mais avez-vous assez de nouvelles déjà acceptées pour tenir deux ans ? Expliquez-vous. Merde, c'est le genre de truc à conduire un mec à se pendre. Pensez à Breece D'J Pancake. Pensez à John Kennedy Toole[1]. *C'est bien, continuez* : voilà ce qui les a peut-être poussés par-dessus bord.

Je pleurais sans bruit. J'étais en colère. J'ai ouvert la deuxième enveloppe. Je savais qu'elle

1. Pancake et Toole sont deux auteurs qui se sont suicidés très jeunes, avant de voir leurs livres publiés.

contiendrait encore une autre version de la même chose. J'y ai trouvé une longue lettre, dactylographiée proprement, du rédacteur en chef adjoint d'*Ivory Towers*. Elle disait (en plus de « Cher Leon ») :

Cette nouvelle a failli être acceptée. Mais la majorité a le dernier mot, et plusieurs de ceux qui l'ont lue l'ont mal interprétée. Nous avons passé deux semaines, ici, à discuter à son sujet. « Jeunes Blanches au cul noir » est un titre que vous pourriez peut-être adoucir un peu, ou changer. Parce que l'histoire ne correspond pas vraiment à ce titre. Et même si cela a un effet superbe, pour quelle raison Cleve bat-il sa femme ? Il est toujours tenaillé par le remords après coup, au point même de s'attacher à l'arbre pendant l'orage et les éclairs. Il y a eu des gens qui ont trouvé cela répugnant. Je dois dire que c'est une des choses les plus fortes que j'ai vues depuis quelque temps. Je ne veux en aucun cas vous dire comment écrire. Mais il se peut que, si vous changez le titre, une autre revue s'y intéresse. Nous serons très heureux de regarder tout texte que vous voudrez bien nous envoyer. Et, s'il vous plaît, continuez à écrire. Que ceci ne soit pas pour vous une déception. Vous avez un grand talent, et avec des sujets comme les vôtres vous aurez besoin de beaucoup d'énergie.

En vous souhaitant les meilleures choses.

BETTI DELOREO.

31

La question suivante était celle-ci : à quoi ressemblait Betti DeLoreo ou Betti Del Oreo[1] ? Était-elle mariée ? Avait-elle soixante-dix ans ? Accepterait-elle de me rencontrer et de me donner un peu de sa chatte sur la foi de mon travail ? C'étaient là des questions sans réponse et j'avais les mains qui tremblaient rien qu'à penser qu'un jour une lettre pourrait revenir sans la nouvelle que j'avais envoyée.

J'ai ouvert la troisième enveloppe. Elle contenait un récit que je faisais circuler depuis deux ans. Un mot de refus de *Blue Lace* y était attaché. Apparemment, ce que j'écrivais ne leur convenait pas, mais cela ne reflétait en rien la qualité de mon travail ; ils regrettaient de ne pas pouvoir accompagner chaque manuscrit de commentaires individualisés, mais c'était à cause de la taille réduite de leur équipe, etc., etc.

9

Je suis allé en ville chercher d'autres bières. Je n'avais pas répondu au téléphone qui avait sonné à plusieurs reprises. Je savais que ça risquait d'être l'avocat, ou Monroe me demandant de revenir au travail. Il me restait assez

1. Un « Oreo » est un biscuit chocolaté.

d'argent pour tenir encore un petit moment, et je n'avais pas l'intention de me remettre à peindre des maisons avant d'y être obligé. Je savais que je devrais m'acquitter sous peu de la pension alimentaire, ce qui m'énervait, et j'avais besoin de boire en écrivant. Il me semblait que plus je faisais d'efforts, plus les choses prenaient mauvaise tournure. Je me demandais comment faisaient les autres pour y arriver. J'essayais de me plonger dans mon travail, d'oublier mes sentiments, mes échecs et mes peurs, de passer outre à la gueule de bois et à la faiblesse qui suivaient une nuit passée à écrire et à boire. En hiver, il ferait trop froid pour peindre des maisons : qu'est-ce que je trouverais alors pour avoir de l'argent ? Je pouvais travailler le reste de l'été et m'efforcer de mettre quelques sous de côté, mais je n'avais aucun moyen d'économiser assez pour payer la pension. Si je n'arrivais pas à payer, mon ex me ferait jeter en prison. Peut-être serais-je capable d'écrire en prison. Je l'espérais.

Pour la bière, je suis allé dans un magasin d'alimentation. Comme d'habitude, j'ai choisi l'endroit le moins cher. J'ai pris de la bière, des chips arôme barbecue et des saucisses sèches au paprika Slim Jims que je grignoterais en écrivant. Parfois, quand la muse me boudait, il fallait que je trouve quelque chose à faire, et parfois l'action de mastiquer me suffisait. Il m'a fallu un chariot pour tout transporter. Quand je suis arrivé à la caisse, j'ai dû faire la queue.

J'ai vu des gens regarder les articles dans mon chariot. J'ai fait semblant de ne pas les voir et je me suis tourné vers les couvertures de *Cosmopolitan* et du *National Enquirer*. Depuis plusieurs années, des fanatiques religieux obligeaient les commerçants à cacher *Playboy* et *Penthouse* sous le comptoir. Le monde entier s'efforçait d'avoir l'air décent, et j'étais apparemment quelque chose d'indécent en son sein. Je voulais des nichons, plein de nichons. Je voulais entendre ZZ Top jouer *Legs*. Je voulais habiter une maison sur une colline avec une piscine et un porche bien frais derrière. Mes potes pourraient venir y écouter de la musique après que je leur aurais préparé des cocktails. J'ai considéré ce que je souhaitais, puis j'ai considéré ce que j'avais. Il y avait un abîme entre les deux. Mes vêtements étaient barbouillés de peinture et j'avais les ongles sales. Je voulais récupérer mes enfants d'une façon ou d'une autre, mais sans leur mère. La caissière a enregistré mes achats, et le total était de vingt-neuf dollars quarante-deux, taxes comprises.

10

Je savais que je n'avais pas épuisé toutes les possibilités de New York, mais que c'étaient elles qui m'avaient presque épuisé. Je savais que les éditeurs étaient des hommes et des femmes comme ceux et celles d'ici, qu'ils respiraient, mangeaient, lisaient, s'ennuyaient, regardaient la télé. Mon roman était passé dans tant de bureaux qu'il était tout écorné, mais je ne voulais pas le retaper. Ç'aurait été un travail de deux semaines, peut-être pour rien.

Je suis resté assis à le contempler. Juste un paquet de feuilles dactylographiées de quatre centimètres d'épaisseur. Mais je savais que rien ne clochait en lui. Ce qu'il fallait simplement, c'était que la bonne personne le voie. Jusqu'ici, ça ne s'était pas produit.

J'ai ouvert mon exemplaire de *Writer's Market*, l'annuaire pour écrivains, à la section qui donne la liste des maisons d'édition. J'ai fermé les yeux. J'ai fait défiler quelques pages dans un sens et dans l'autre, puis un peu plus loin, et encore en arrière et en avant. J'ai appuyé fortement mon doigt sur une page et ouvert les yeux. J'ai trouvé un nom et une adresse que j'ai copiés sur une grande enveloppe havane que j'ai postée sans espoir ni crainte, sans enveloppe d'accompagnement, sans rien redactylographier. Je l'ai postée, un point c'est tout.

11

La lettre de l'avocat m'est arrivée au courrier. Elle disait (en plus de « Cher Monsieur Leon Barlow ») :

Mes honoraires pour votre jugement de divorce et les procédures y afférentes s'élèvent à 750 dollars. Je souhaiterais certes être payé le plus rapidement possible, mais Mme Barlow m'a fait savoir que vous étiez pratiquement dans l'indigence. Nous avons donc consenti un échelonnement des paiements aux termes duquel vous verserez 150 dollars par mois en même temps que votre pension alimentaire. Je retiendrai cette somme avant de faire parvenir le reste à Mme Barlow chaque mois. Votre premier paiement est dû immédiatement, et les quatre suivants devront être effectués le premier de chaque mois. Veuillez, s'il vous plaît, me faire parvenir votre règlement par retour du courrier.

Elle était signée par cet avocat. Je n'ai pas lu son nom. J'avais quarante-sept dollars en tout et pour tout. Je me suis demandé si en prison on ne mangeait toujours que deux fois par jour. La seule fois où j'avais été invité à passer un week-end dans cet établissement, tel avait été le cas.

12

Mon oncle est passé me voir. C'est le frère de ma mère et la seule personne qui a paru comprendre ce que je tentais de faire. Il n'avait aucun penchant pour la lecture, et pas même pour le cinéma à part les westerns, mais il admirait que quelqu'un montre de la volonté et de la détermination, quelles que soient ses chances. Il aimait aussi voir un homme essayer de s'élever dans la vie au-dessus de sa position.

« Qu'est-ce que tu fais ? m'a-t-il demandé.

— Rien. Je bois une bière. T'en veux une ?

— Peut-être bien. Tu n'écris rien ?

— Si, m'sieur, j'écris. J'écris tous les jours. Le seul problème, c'est que je ne publie rien.

— Pourquoi ça ?

— J'sais pas.

— C'est pas assez bon pour être publié ?

— Si, ça l'est.

— Comment le sais-tu ?

— Parce que je lis les autres machins qu'on publie.

— Tu crois que c'est politique ?

— Je connais pas la raison.

— Où t'en es, question argent ?

— Au plus bas. Il faut que je sorte trouver du boulot.

— Tu veux que je te donne une vache ? Je peux te donner deux vaches, si ça t'est utile.

— Deux vaches, à quoi ça va me servir ?

— Hé, gros ballot. Emmène-les à la foire et vends-les. Elles valent bien cinq ou six cents dollars pièce.

— Ça me fait mal de te prendre quelque chose. Mais Marilyn me tient par les couilles, avec la pension alimentaire, et elle serre.

— Je sais. Et elle va pas s'arrêter. Chaque fois qu'un homme divorce, dans le Mississippi, on le fait raquer à mort. Elle te permet de voir les gamins ?

— Non. Ça fait un bout de temps que je les ai pas vus.

— T'as qu'à porter plainte.

— Et alors, je devrai encore plus de fric à un avocat.

— Elle t'entube à fond. Tu vas rester couché et te laisser faire ?

— J'ai pas grand choix, apparemment. »

Mon oncle s'est levé, et dans un grognement, il a dit : « On a toujours le choix. » Il a fini sa bière et jeté la boîte à la poubelle. « Viens à la maison demain et on ira attraper ces vaches. On les mettra sur le camion et on ira les vendre. Elles devraient rapporter au moins onze cents ou douze cents dollars.

— À quelle heure ?

— Tôt. Il faut qu'on soit à New Albany avant deux heures.

— J'y serai. Merci, Lou.

— De rien. »

Mon oncle possédait tant de vaches qu'il n'en connaissait pas précisément le nombre. Il en avait qu'il n'avait encore jamais vues. Il passait son temps à essayer de les attraper pour les marquer à l'oreille. Il avait commencé avec deux vaches en 1949, et maintenant il en avait quatre ou cinq cents. Elles se mélangeaient et se reproduisaient à leur guise, vivant plus ou moins à l'état sauvage sur ses terres qui consistaient en forêts, prés et un fond de vallée où coulait un ruisseau.

Je suis arrivé chez lui vêtu d'un jean, d'une chemise à manches longues et de bottes de cowboy. Mon oncle avait appris après la guerre à manier le lasso et à monter ces chevaux qu'on dresse à séparer une vache du reste du troupeau. Il m'avait à son tour enseigné ces techniques. Il possédait un hongre brun, baptisé Thunderbolt, c'est-à-dire « Foudre », qui portait bien son nom. Le monter était comme chevaucher un lièvre de sept cents kilos. Il démarrait si vite qu'il pouvait vous faire glisser de la selle et, avec un virage brusque, vous éjecter de sa croupe. J'avais d'abord réussi à le monter en m'agrippant des deux mains au pommeau. Et puis j'avais appris à bouger avec le cheval. Il valait dix-huit mille dollars.

Mon oncle est sorti de la maison. Dans la cour, il y avait Thunderbolt et un autre cheval, tous les deux sellés.

« Pourquoi t'écris pas un western ? m'a-t-il dit. Je parie que tu pourrais le vendre.

— Je veux pas écrire de westerns.

— Je parie que tu pourrais en vendre un, pourtant. »

Il a pointé Thunderbolt du doigt et je suis monté dessus. Mon oncle a pris l'autre cheval et nous sommes partis en passant le portail. Nous avons donné quelques légers coups de talon et, au petit galop, nous avons franchi le pré avec le vent dans nos cheveux. Les vaches qui se trouvaient en bas ont soudain levé la queue comme des cerfs et se sont enfuies en courant. Les sabots des chevaux ont alors martelé le sol. Ils arrachaient des mottes de terre et d'herbe qu'ils projetaient en l'air derrière nous. Mon oncle Lou a commencé à balancer sa corde. La plupart des vaches avaient des cornes et certaines d'entre elles avaient du sang de zébu américain. Elles étaient toutes lourdes, musclées et méchantes. J'aurais tant donné pour que mon petit garçon soit sur la selle avec moi !

Nous avons séparé deux vaches du gros du troupeau et nous avons chevauché à toute allure à leurs côtés. Peu à peu, nous en avons choisi une, une vache maigre et longue avec des cornes qui se terminaient en pointe effilée. Il fallait que je forme une boucle assez large pour qu'elle englobe toute la tête. Je me suis dressé sur les étriers et, gardant entre mes dents le bout libre de la corde, j'ai fait tournoyer la boucle au-dessus de ma tête ; puis, en me penchant en avant, je l'ai laissé tomber sur les cornes. Je l'ai retenue fermement contre le pommeau de la selle, et Thunderbolt a freiné des quatre fers. Quand la vache est arrivée au bout de la corde, elle a buté, elle est passée cul par-dessus tête et elle est tombée à plat sur le dos, le souffle totalement coupé. Mon oncle Lou lui a pris un des sabots arrière dans sa corde, et nous sommes descendus de nos chevaux qui, le dos arqué, maintenaient les cordes tendues. Nous avons attaché l'un à l'autre deux des pieds de la vache, puis, ôtant les cordes qui lui ligotaient les cornes et la patte arrière, nous l'avons laissée couchée par terre. Elle beuglait, et, dans sa rage, elle roulait tellement les yeux qu'on n'en voyait que le blanc. Nous avons enroulé nos cordes et nous nous sommes mis à la poursuite d'une autre vache.

Pendant la guerre, mon oncle avait été proche d'un garçon du Montana. Il était devenu très ami avec lui, et une fois la paix revenue, ce garçon l'avait invité à venir habiter avec lui et sa famille quelque temps. Mon oncle n'était pas marié, et comme il n'avait rien chez lui qui puisse le retenir ou le rappeler d'urgence, il y est allé. La famille de ce garçon possédait un ranch situé en altitude dans les montagnes, et depuis quatre générations elle élevait des troupeaux de bovins. Mon oncle n'y connaissait rien, pas plus qu'aux chevaux, mais cette famille a fait son apprentissage. On lui a enseigné à attraper le bétail au lasso, à renverser un bœuf en lui tordant les cornes, à faire du rodéo sur un taureau et même à cuisiner. On lui a montré comment chasser l'élan et bâter les chevaux. On l'a accueilli comme un fils de plus, on l'a nourri et on lui a lavé ses vêtements. Mon oncle, à son tour, m'avait appris quelques-unes de ces choses. Et ce qu'il ne disait pas mais l'attristait le plus, c'était de penser que désormais il ne pourrait peut-être plus en faire autant pour mes enfants.

Nous n'avons pas parlé pendant notre travail. Nous avons débusqué le bétail des bois comme des compagnies de cailles, puis il a indiqué du doigt une vache à l'air farouche qui s'en allait d'un trot rapide à travers un champ de sauge en nous regardant par-dessus son épaule. Elle avait des cornes tout à fait redoutables. Je ne me serais pas lancé à ses trousses. Mais Lou a foncé droit sur elle. J'ai laissé Thunderbolt serrer la vache de trop près. Et comme il lui touchait la croupe avec son épaule, elle s'est retournée et lui a lancé un coup de corne dans l'épaule, ce qui lui a fait une entaille de douze centimètres. Mon oncle Lou a sorti son fusil —

un Marlin de calibre 30.30 qu'il gardait dans un étui accroché à la selle —, et il a tué la vache d'une balle entre les yeux. Puis il a hurlé qu'il soignerait plus tard ce con de cheval. Le sang coulait à flots le long de la jambe de Thunderbolt. Les lèvres de la blessure ouverte battaient sans rien qui les retienne. Je voyais le muscle dessous qui se contractait et qui travaillait. Voilà ce que j'avais infligé à mon oncle avec les vicissitudes de ma vie, mon divorce et mon désir d'écrire. Je lui avais coûté de l'argent, et il avait subi des choses dont il n'était aucunement responsable. Nous avons continué à chevaucher. Thunderbolt supportait sa douleur en silence. Nous avons attrapé une autre vache au lasso. J'ai réussi à continuer à travailler. La journée était longue et je savais que d'autres journées seraient longues, elles aussi, et que parfois les hommes doivent être proches d'autres hommes capables de les aider à traverser des temps difficiles. Parce que c'est ce qu'ils étaient, ces temps là : difficiles.

14

Nous étions devant le parc à bestiaux de New Albany, dans la poussière. L'odeur d'excréments était partout. On ne tuait pas encore, on n'en était qu'à la vente. Ça me donnait un peu la nausée, mais comment allais-je me régaler de T-bones bien juteux sans qu'on fasse sauter la cervelle de quelques bovins ? J'essayais de ne pas penser aux vaches quand on les soulevait, qu'on leur tranchait la gorge, qu'on les écorchait, qu'on les sciait. Qu'on les transformait en viande hachée. De temps à autre, il arrivait qu'un bout d'os rebelle d'une vache morte depuis longtemps surgisse dans ma bouche quand je mangeais un hamburger chez Kroger, au risque de me fracturer une dent. *La vengeance des vaches*. Mais n'en faisons pas tout un film.

Il y avait plein de mecs en bottes de cowboy. Certains d'entre eux avaient un torse puissant, du ventre et une chemise à carreaux. Sans trop savoir pourquoi, je me sentais inférieur et pas très viril, au milieu de ces gens-là, même si j'avais pas mal de merde étalée sur mes bottes. Je tendais, spirituellement sinon physiquement, à suivre la voie de mon oncle qui, lui, se sentait en paix ici, en accord avec des gens comme lui. Ce qui était loin de me déplaire.

Munis des tickets pour nos vaches, nous nous sommes perchés, en haut du corral, au-dessus de la piste de vente aux enchères.

Un deux badeu madabadobis
Six sept huit badabibor
Tu viens il vient il part et hop dehors
Ouh là qui donne dix dix dix,
Dix billets tout lisses
Ouh là vache-vache-vache-vache
Ouh là vache ça marche.

Ils ont baragouiné ainsi un moment. J'admirais ces commissaires des ventes. Ils portaient des chapeaux de paille et c'étaient de braves gars à la voix forte et pleine. Je détestais ma propre voix, rêche et grinçante. Le genre de voix qui me donnait la nausée quand je l'enregistrais avec les Top 40 et que je l'écoutais tard le soir en train de chanter *Puff the Magic Dragon* ou *Blowin' in the Wind*. J'avais une minable petite guitare avec des cordes au son nasillard, et j'essayais de m'exercer avec quand je n'écrivais pas. Mais je ne connaissais que quatre accords : ceux de sol, de do et de ré, ainsi que l'accord de sol une octave plus haut. J'avais un jour commis l'erreur de m'enregistrer en train de jouer en chantant du George Jones : *Yabba Dabba Do, The King Is Gone, And so Are You*, et de laisser traîner la cassette. Un soir de fête à la maison, pendant que j'étais dans la cuisine à préparer les boissons et à faire bouillir les crevettes, Marilyn en avait fait passer une partie, ce qui avait déclenché l'hilarité de nos invités. Quand j'étais ressorti et que j'avais réalisé ce qui se passait — les gens qui ricanaient et tout —, Marilyn n'était pas tellement remontée dans mon affection.

Ils ont commencé par lâcher deux cochons de lait sur la piste. Et l'un d'eux a aussitôt sauté entre les barreaux et il a chié sur les genoux d'un visiteur. Ce visiteur a essayé de s'extraire de son siège en tenant le cochon pendant que celui-ci lui chiait dessus. Plus tard, il a acheté le porcelet, et j'étais certain que c'était pour pouvoir le tuer. Mais le cochon ne s'en doutait pas. On m'a dit que les porcs sont très intelligents. Ils apprennent à sentir les truffes. Un cochon de l'Arkansas a été dressé à faire le chien d'arrêt pour la chasse aux oiseaux. Je crois que les cochons ont contribué à la chute d'Ulysse. Pour ma part, j'ai mangé beaucoup de côtes de porc. Pensez seulement à tous ces cochons qui ont dû mourir pour nous. Ils s'en vont vaillamment, et pas même pour rejoindre leur tombe : car, évidemment, ils n'ont pas de tombe. Avez-vous jamais vu un cimetière de cochons ? D'ailleurs, qu'est-ce qu'on inscrirait sur leurs stèles ?

> *Ici nul cochon ne gît.*
> *Toi qui cherches un os de cimetière*
> *Ne creuse point cette terre.*
> *Passe. Vide est ce logis.*

On a montré quelques chevaux qui se sont vendus assez vite. Je dévorais des yeux une *señorita*, apparemment mexicaine, qui vendait des sandwichs. J'ai mangé deux portions de porc sauce barbecue et puis je me suis rendu compte que ces cochons avaient dû passer eux aussi sur la piste quelques semaines plus tôt : des cochons sans avenir, sans assurance-vie. Des cochons qui n'avaient jamais pris place à la table familiale le soir pour être accueillis par d'agréables grognements. Des cochons qui n'avaient pas soupçonné à quel point ils avaient la belle vie : beaucoup de boue où se vautrer, du maïs en abondance — les beaux jours, aujourd'hui révolus.

Elle me semblait être une *señorita*, mais je n'en étais pas tout à fait sûr. Je pensais toujours à Betti Del Oreo. J'ai décidé de lui écrire une lettre très gentille.

15

Chère Mademoiselle DeLoreo,

Merci d'avoir pris tout le temps de m'expliquer pourquoi ma nouvelle n'a pas été acceptée. La plupart des éditeurs ne se donneraient pas cette peine. Je me trouve assez seul ici, voyez-vous, à écrire tous ces textes sans arriver à y intéresser qui que ce soit. Je vous suis très reconnaissant pour le temps que vous leur avez consacré. Je vais essayer d'écrire quelque chose de mieux pour vous. Quelque chose qui vous donnera envie de vous dresser contre eux avec des gants de boxe.

Avec mes meilleures salutations,

LEON BARLOW.

J'étais tout remué lorsque j'ai posté la lettre. Je ne sais pas pourquoi. Je ne connaissais même pas cette femme. Et puis elle avait peut-être soixante-dix ans, c'était peut-être une retraitée de Floride ou d'ailleurs avec des genoux cagneux. Mais pourquoi ne serait-elle pas une déesse qui s'agenouillerait dans les rues de New York en souhaitant qu'arrive enfin le vrai prophète ? Avec de la pluie sur le visage, de beaux cheveux noirs, en hurlant son désir de me voir venir ?

J'ai léché le bord, fermé l'enveloppe, et je l'ai envoyée. J'avais joint une nouvelle.

J'attendais le chèque de mon oncle pour les deux vaches qu'il m'avait données et que nous avions vendues. Quant à l'autre vache, celle qu'il avait abattue parce qu'elle avait encorné Thunderbolt, elle était sans doute encore dans le pré, empuantie, couverte de mouches, à moitié dévorée par les coyotes, mais je n'avais pas envie d'aller vérifier. Il y avait un certain nombre de choses que je ne voulais pas côtoyer, et la viande putride en faisait partie.

16

Un jour, après avoir fumé de la marijuana et bu plein de bière, j'ai écrit ceci :

HONED

Le papa de Honed avait eu une bonne raison pour changer le prénom de son bébé. Mais l'idée lui en était venue presque trop tard. Il tenait Honed dans ses bras, et le bébé était enveloppé dans une jolie couverture douce que sa mère avait mis à peu près huit mois et demi à tricoter. On y voyait des petites fleurs et de gentils petits lapins tout doux qui gambadaient dans des champs de trèfle. C'était vraiment très bien pour un gosse avec lequel ils venaient juste de faire connaissance — c'était du pur amour pour le petit —, et le père déposait des bisous sur la tête de Honed en disant à son chéri mignon que maman était juste derrière eux dans un fauteuil roulant et que c'était donc *lui*, papa, qui allait réchauffer les biberons et s'occuper de lui pendant quelque temps — parce que maman avait eu la chatte déchirée et retournée. Mais Honed n'avait pas la moindre idée de ce qui se passait. Il avait fallu le câliner. Il était gravement contrarié. Il venait d'être brutalement expulsé de la mer sombre, tiède et salée qui se trouvait dans le ventre de sa maman — expulsé d'une mer où il avait commencé à croire qu'il resterait toujours —, et il était tombé dans les mains rouges et dures d'un chauve au grand sourire et aux longues dents blanches (comme des crocs, merde ! s'était dit Honed) qui lui avait tapé sur le cul quatre ou cinq fois. Et puis toute une foule de gens qu'il ne connaissait pas s'étaient mis à l'habiller et à le déshabiller, et un jour ils avaient même tripatouillé sa guiguite. Il y avait encore un truc pas réglé, là en bas, mais il avait peur d'y regarder (il faut quand même que je comprenne ce qui se passe, merde, pensait-il), tant et si bien qu'il voulait avant tout dormir et se soustraire le plus possible à tout cela. Il se savait sans défense, à leur merci. Il ne pouvait pas marcher ni parler, il ne pouvait rien faire d'autre que chier et pleurer. Et ils étaient beaucoup plus grands que lui.

À l'origine, le père de Honed l'avait appelé Ned. Puis, alors qu'il le portait dans ses bras dans le couloir, se préparant à rentrer à la maison avec lui, il lui était venu à l'idée qu'au cours de sa vie (dont il espérait qu'elle comporterait une bonne centaine d'années magnifiques), Ned allait beaucoup s'entendre saluer de la façon familière habituelle : *Hi Ned !* Mais dans le coin où ils habitaient, les gens ne diraient pas forcément *Hi*. Ils pouvaient le transformer en *Hey*. Et tout un tas de personnes diraient même sans doute *Ho*. « Ho Ned ! En forme, *man* ? » Et lorsque Ned aurait un peu grandi dans ce monde et qu'il passerait ses jambes dans un pantalon à la manière des hommes, il sortirait dans ce même monde pour voir des gens. Si on lui disait « *Hi* », ça ferait *Hined*, et si on lui disait *Ho*, ça donnerait *Honed*. (Il était un peu fêlé, le père de Honed. Mais il n'a pas vécu bien longtemps après la naissance de Honed. Et c'était un brave mec. Il aurait pu faire plein de choses pour Honed. C'était un professeur et un play-boy, millionnaire de surcroît, avec deux romans publiés, et la fondation MacArthur s'apprêtait à lui verser soixante mille dollars par an pendant cinq ans lorsqu'il a été tué. Ça s'est passé dans un monte-charge. L'ironie du sort. C'était au sommet de l'Empire State Building, à l'époque où ce gratte-ciel était encore le plus haut de New York. Le papa de Honed était le genre d'individu brillant qui peut être gravement bête à d'autres égards. Il a pris le monte-charge pour l'ascenseur destiné aux visiteurs. Pour le prendre, il l'a pris ! Il a appuyé sur le bouton du septième étage, mais, selon ce qui a été rapporté plus tard, tous les relais qui réglaient la course des câbles de montée ont sauté simultanément et la cabine a tout simplement décollé, elle s'est envolée vers le haut. Le papa de Honed s'est pissé dessus. Sa mort a été horrible. Et il savait qu'il allait mourir. C'était ça, le pire. Il avait assez de jugeote pour remarquer que la cabine montait beaucoup trop vite, et il voyait les étages s'allumer les uns après les autres sur les boutons. Mais il est resté calme même devant cette réalité. Il s'est accordé trois quarts de seconde de terreur — une peur à vider la tête, à hurler sans bruit —, puis il a laissé tomber sa mallette et il s'est mis à appuyer sur les boutons du monte-charge. Rien n'y a fait. Tout un tas de systèmes mécaniques que les techniciens de l'ascenseur *auraient dû entretenir avec un petit peu plus de soin* ont cédé en même temps. Oh, il y a eu un grand procès, et la mère de Honed est devenue encore plus riche qu'elle ne l'était déjà, mais cela n'a pas fait revenir le papa de Honed. La cabine a heurté le haut de la cage avec une telle force que le papa de Honed a été projeté contre le plafond et que son crâne s'est ouvert avec une grande fracture. Un des câbles a cassé net sous le choc tandis qu'en bas le moteur se mettait à tourner en roue libre, dépourvu des courroies qui elles aussi avaient rompu. L'autre câble était presque assez fort pour tenir la cabine suspendue à des centaines de mètres au-dessus du sol de New York. Mais il a fini par se briser à son tour. Le papa de Honed était étendu sur le plancher de la cabine, les yeux fermés, avec les doigts qui labouraient le sol. La poussée vers le bas était si forte que le corps du papa de Honed, en réalité, s'était mis à flotter à deux ou trois centimètres au-dessus du plancher de la cabine un millième de seconde avant qu'elle ne s'écrase au sous-sol.) Mais ce que pensait le papa de Honed, au moment de franchir les portes de l'hôpital avec Honed dans ses bras, c'est qu'il allait épargner à bien des gens la peine de dire « Ho, virgule, Ned » en appelant son fils Honed. Ainsi, quand quelqu'un prononcerait son nom, il lui rendrait en quelque sorte hommage. Ce genre de pensée peut paraître assez fou, mais c'était celui du papa de Honed.

Je n'ai jamais terminé celle-là non plus.

17

Le chèque de mon oncle m'est arrivé par la poste. Il se montait à 1 143 dollars et 68 cents, et il était libellé à mon nom. J'ai foncé. Des tomates pour la salade, des films, deux ou trois cassettes, des crevettes, des huîtres, quelques biftecks dans l'aloyau, de la bière, du whisky, des jeans, une ceinture, deux chemises, des sous-vêtements, un mélange pour cocktail, des sacs-poubelles, un balai, du nettoyant ménager, un briquet, *Le bruit et la fureur*, *Je t'aime Albert*, *Jujitsu for Christ*, *Un enfant de Dieu*, *Le vieil homme et la mer*[1], *les Œuvres complètes* de Flannery O'Connor, du pain pour barbecue, des chaussettes, un guide télé, quatorze rubans de machine à écrire, quelques cerises enrobées de chocolat, des vêtements d'enfant, une petite girafe bleue qui couine quand on la presse, une petite batte de base-ball avec une balle et un gant assortis, des capotes, du dentifrice, de la lotion après-rasage, un coupe-ongles, du shampooing, des saucisses sèches Slim Jims, de la couenne de porc grillée, du saucisson fumé Jimmy Dean, du poisson-chat, de la sauce pour fruits de mer, deux ramettes de papier, du ruban correcteur, quatre douzaines d'enveloppes havane, des stylos, un nouvel annuaire *Writer's Market*, un nouveau bracelet pour ma montre, du papier à rouler des cigarettes, une courroie de ventilateur, des mâchoires de frein, un manocontact de pression

1. Ces cinq livres sont respectivement de William Faulkner, Charles Bukowski, Jack Butler, Cormac McCarthy et Ernest Hemingway.

d'huile, des cordes de guitare — une de sol et une de la —, du charbon de bois.

C'était un peu comme Noël.

J'ai tout ramené à la maison, téléphoné à mon ex-femme pour lui annoncer que j'avais des choses pour les enfants et qu'elle pouvait passer les prendre chez ma mère. Je lui ai aussi dit que je comptais envoyer à son avocat un chèque de deux mois de pension alimentaire, puis j'ai raccroché, je me suis assis, j'ai rédigé le chèque et une enveloppe, je me suis tâté pour savoir si j'allais ajouter un mot pour l'avocat, puis j'ai décidé que non, léché la colle de l'enveloppe et mis un timbre que j'avais détaché à la vapeur sur une des lettres qui m'étaient revenues et que les employés de la poste avaient omis d'oblitérer avec leur machine. Puis, en sifflotant, je me suis rendu au bout de l'allée pour glisser mon enveloppe dans la boîte.

Quand je suis rentré dans la maison, il restait encore de l'argent. J'avais constitué des réserves alimentaires. J'étais prêt pour le siège. J'ai ouvert une bière, bu une gorgée, mis le disque *Kanon* de Johann Pachelbel, et je l'ai écouté. Mon oncle était à l'origine de tout ceci. Et il avait sacrifié trois vaches pour y arriver. Plus tard dans la soirée, je lui ai téléphoné pour le remercier en essayant de lui expliquer l'immense portée de son geste envers moi, car il m'avait offert au moins soixante jours de liberté et de

temps d'écriture, mais il n'a rien répondu d'autre
que « n'en parlons plus ».

18

Deux jours plus tard, c'était elle au téléphone.
Je lui ai demandé si elle avait reçu son fric.

« Ouais, je l'ai reçu. Comment tu l'as eu ?

— Peu importe comment je l'ai eu. T'es pas
obligée de téléphoner ici et de me houspiller
rien que parce que j'ai versé ta pension à temps.

— Je te houspille pas. De toute façon, je sais
comment tu l'as eu.

— Oh non, tu l'sais pas.

— J'te parie que si.

— Non.

— Oh si.

— Non, j'te dis.

— Et si, pourtant.

— Bon, comment je l'ai eu, puisque tu sais
tant de choses ?

— C'est ton oncle qui te l'a donné. Il a vendu
deux vaches et t'a offert l'argent.

— Qui t'a dit ça ?

— Ta mère.

— Merde.

— Elle me raconte tout.

— Eh bien, je parie qu'elle va plus le faire quand je lui aurai dit deux mots.

— Qu'est-ce qu'il y a qui te défrise ? J'ai bien le droit de savoir ce que tu fabriques.

— Non, t'as plus le droit.

— T'es bien rentré chez toi, l'autre soir ?

— Quel soir ?

— Le soir où je t'ai parlé. T'as pas l'air de t'en souvenir, tellement t'étais bourré. Tu pouvais à peine marcher. Tu vas avoir un accident de voiture et te tuer, un de ces quatre. Ou tu vas baiser une vieille pétasse et t'auras le sida partout. Et alors, comment ils feront, tes gosses, pour avoir un père ?

— J'avais l'impression que pour l'instant ils n'en avaient pas d'autre que biologique.

— Pas d'autre que biologique ? T'es toujours aussi con, Leon, tu sais ?

— T'as fini de me les casser ? Parce que si t'as pas fini, c'est pareil. Cette conversation est terminée. Je t'ai payé ta putain de pension, et donc je veux plus entendre un mot de toi avant deux mois. C'est clair ?

— Bien sûr. Sauf si un des gosses tombe malade ou un truc comme ça.

— Ouais. Bon, téléphone-moi si ça se produit. J'ai envie de le savoir, s'ils sont malades.

— Je parlais seulement de payer les factures. C'est à toi de régler le médecin. T'es au courant ?

— Oui, je suis au *courant*, Marilyn. Encore autre chose ? Non ? Alors, bye ! »

Connasse ! Putain, je pouvais pas écrire quand j'étais marié avec toi, et maintenant il faut que je t'écoute alors que je suis divorcé et que j'essaie de travailler ici. Merde. Ça me fout tellement les boules que j'arrive plus à rien faire parce que j'arrête pas de penser à tous ces trucs avec lesquels tu m'énerves. Tu téléphones et je bousille une journée de travail à cause de toi. T'as même pas mentionné ce que j'ai acheté aux enfants. Tu voulais juste que je me ronge les sangs. Tu leur as probablement raconté que c'est toi qui le leur as acheté. Ce serait bien toi, ça.

19

Je me demandais si la grande Betti DeLoreo allait me répondre. Je me demandais quelle était l'importance de sa position. Il était tout à fait possible qu'elle soit grosse, qu'elle ait cinquante-huit ans et les dents écartées. Elle était sans doute mariée et elle avait des enfants adultes. Elle était boulimique, lesbienne, elle n'avait pas de jambes. Qu'est-ce que j'avais, à imaginer ces choses à propos de quelqu'un que je ne connaissais même pas ? Pourtant je le faisais. Je m'imaginais à quoi elle ressemblait. Je me la représentais arrivant en avion de New York et s'arrêtant devant chez moi dans une limousine extra-longue. Elle descendait en laissant voir pas mal de jambe, elle disait au chauffeur d'attendre. Vous montez, Leon ? Oui, mon cher Leon, oui, puis elle ôtait sa fourrure et elle avait un décolleté à la Jayne Mansfield. Assis devant ma machine à écrire, je rêvais comme ça. Beaucoup. D'habitude, c'était sous l'influence de Tatie Budweiser.

20

Une nuit, je me suis soûlé. Plusieurs nuits de suite, en réalité, et ça m'a fait peur. Quand je me suis réveillé, j'ai eu l'impression de ne pas avoir dessoûlé pendant deux jours. C'était la première fois que ça m'arrivait, alors que j'avais toujours affirmé que ça ne se produirait jamais. Maintenant je l'avais fait, et ça ne m'avait pas paru très difficile.

Recroquevillé dans mon lit le lendemain matin, j'y ai réfléchi. Voici ce qui m'y a poussé. Tu as ton art et tu as ta vie qui te tient à cœur : est-ce qu'un truc pareil leur laisse la moindre place ? Je me suis retourné, j'ai fermé les yeux, j'ai enfoncé mon visage dans l'oreiller. En essayant d'empêcher cette vérité pure et simple, mais qui me donnait la nausée, de s'insinuer en moi. Si tu es plus qu'une merde, tu vas agir comme il faut. Rester à la maison deux soirs par semaine au moins, ou même trois. T'adores courir partout bourré. Rien ne pourra t'en empêcher. Même si tu te retiens un moment, ça finira par revenir. Tôt ou tard. Tu peux marcher droit un moment jusqu'à ce que les choses s'améliorent, et puis graduellement tu retombes. C'est pour ça qu'elle t'a quitté. Regarde combien de temps elle est restée. Et toi, tu as tout foutu en l'air. Pense à ces petites bouilles rondes. Au petit en train de faire ses dents, en train de ramper, et tout ça. T'es un pauvre con. Tu ne sais sans doute même pas leur âge. Si. Alisha a… vingt et un mois… Alan a quatre ans et trois mois.

Je me suis redressé dans mon lit. J'avais le drap enroulé autour de mes jambes. Pour un peu j'allais le garder autour de moi en me levant, comme ces mecs qu'on voit dans des téléfilms ou même dans de vrais films quand ils ne veulent pas qu'on voie leur bite. C'est cocasse, quand on y pense : deux personnes qui se sont fait du rentre-dedans à poil pendant des heures et qui soudain se lèvent en se cachant le corps dans des draps.

Ouais, j'étais désolé. Désolé à crever. Le connard le plus désolé qui ait jamais chié derrière une paire de godasses. Mais si j'avais quelque chose pour moi, c'est que j'étais pas du genre à grimper aux arbres pour vous raconter des mensonges. Je préfère rester au sol et vous dire la vérité. On peut avoir confiance : je fais ce que je dis. Il y avait plein de choses qui clochaient en moi, mais mentir n'en faisait pas partie.

Ce bon vieux soleil me brûlait le crâne. J'avais plein de boutons sur les jambes, à moins qu'il ne s'agisse de ces petites irritations qui me venaient d'avoir porté des pantalons longs toute ma vie. L'homme n'a pas été créé pour porter des pantalons longs, mais voilà : j'ai les jambes si maigres que ça m'est presque insupportable.

Il faisait une chaleur à crever. Une fois de plus. J'avais mal à la tête et j'étais écrasé de culpabilité. Comme si deux semi-remorques m'en avaient déversé deux tonnes dessus. En plein sur la tête.

C'était une journée qui ne semblait pas valoir la peine qu'on s'habille pour elle. Je suis donc retombé sur le lit.

21

Quand je me suis réveillé, il faisait encore plus chaud. La sueur m'avait collé les cheveux d'un côté de la tête. L'oreiller était tout humide. Il devait être autour de deux heures de l'après-midi. Je savais que le facteur était passé.

Allongé là, j'ai réfléchi. À quoi bon me lever pour aller voir ? Ces salopards n'allaient jamais rien publier de moi.

Je me suis levé et j'ai pris une douche. J'ai regardé par la fenêtre. Dans le champ d'à côté, le maïs était brûlé, grillé, flétri. Mon voisin n'était pas à la fête, lui non plus.

Je suis descendu chercher le courrier. Une facture d'eau, une facture d'électricité, une facture de téléphone, et il y avait quelqu'un qui m'offrait un appareil radio d'une valeur de 39,95 dollars si j'achetais mille mètres carrés de terrain dans un lieu de vacances de l'Arkansas pour 6 800 dollars. Aucune nouvelle de Betti DeLoreo. Mais au moins rien ne m'était revenu. Pas encore. J'avais quatorze manuscrits qui faisaient la navette entre moi et diverses rédactions dans tous les États-Unis.

Je suis rentré, j'ai ouvert une boîte de bière et je me suis assis à ma machine à écrire. Je suis resté là tout l'après-midi en attendant qu'elle me dise quelque chose, mais elle ne m'a jamais rien dit.

22

Un matin, j'ai voulu écrire une histoire *sur* l'amour. J'aimais l'amour, je ne pouvais pas vraiment m'en passer, mais je ne souhaitais pas écrire une histoire d'amour. Enfin, pas le genre roman rose sur fond historique. J'ai donc commencé une fiction sur une femme dont le mari était mort, la laissant avec deux enfants. Il avait péri dans un accident tragique alors qu'il coupait du bois pour faire de la pâte à papier : il avait été écrasé par un pin, et à présent il était mort et enterré avec de la terre toute fraîche tassée sur sa tombe. La dame, dont le nom a soudain surgi comme étant Marie, n'avait même pas de quoi lui payer une pierre tombale. Quant à lui, le mari juste décédé qui n'avait pas besoin de nom, il avait omis de souscrire une bonne police d'assurance qui aurait pris soin de l'avenir de sa famille en cas de mort soudaine. En fait, un soir, après une longue journée passée à abattre des arbres, il avait répondu à un agent d'assurances venu le voir qu'il n'avait pas le temps d'écouter ses conneries, et qu'il veuille bien prendre la porte. Deux semaines plus tard, bang ! Écrasé comme une crêpe. Les gosses se pendaient aux boutons de porte en criant : « Biscuit, papa, biscuit ! » Marie n'avait aucune compétence, elle ne savait pas lire. De plus, elle avait un problème neurologique provoquant chez elle un léger tremblement de la tête. Elle ne savait pas ce qu'elle allait faire, comment elle allait subvenir aux besoins de ces deux enfants pour lesquels il fallait des Pampers et d'autres choses.

Elle essaya trois nuits de suite de danser dévêtue comme « go-go girl » en laissant ses enfants endormis dans la voiture sur le parking. Mais ça n'allait pas. Elle ne pouvait pas se concentrer sur son rythme en pensant aux gosses dehors, en s'inquiétant de savoir s'ils étaient réveillés, s'ils pleuraient, s'ils se croyaient abandonnés. Elle dut donc rendre son string. Elle rentra chez elle en pleine nuit, ses mains agrippées au volant qu'elle serrait « avec tant de force qu'elle en avait les doigts tout blancs », et se demandant ce qu'elle allait faire. Les enfants continuaient à dormir sur le siège arrière avec la certitude que leur mère s'occuperait d'eux.

Marie roula un long moment en se demandant pourquoi son mari n'avait pas eu le bon sens de souscrire une assurance-vie. Elle n'avait même pas de quoi donner à manger à leur chien.

Arrivé à ce point, j'ai compris que je ne pouvais pas les aider, j'ai réalisé que je n'étais pas écrivain et j'ai jeté mon récit, ce qui m'a foutu une trouille bleue.

23

Assis sur le porche au soleil couchant, je buvais une bière. Rien n'allait. J'avais une vie pourrie. Mon ex-femme allait me garder la corde au cou le reste de ma vie, et si je me remariais un jour, sa haine ne ferait que redoubler. Je ne savais pas si je serais capable de supporter le double de haine. Rien de ce que je ferais ne pourrait jamais restaurer les sentiments qui avaient été mutilés en moi. J'avais promis devant Dieu et Son Église de toujours chérir ma femme et je n'avais pas tenu ma promesse.

J'ai entendu une voiture entrer dans l'allée, j'ai vu des phares s'approcher alors même qu'il était trop tôt pour allumer les phares. C'était Monroe. Le crépuscule nous tombait dessus. La brune. Nous serions des Chevaliers du crépuscule dans le Ciel.

Il a arrêté le moteur et il est descendu, une bière à la main. Plongeant son bras de nouveau à l'intérieur, il a éteint ses feux. Il est monté sur le porche et s'est assis près de moi dans un fauteuil.

« Quoi de neuf, *man* ? a-t-il dit.

— Pas grand-chose. J'étais juste assis à regarder le soir tomber.

— Tu veux une bière ?

— J'en ai une. Et toi ?

— J'en ai une. Tu veux qu'on aille faire un tour ?

— Ça me dirait. Attends, je vais prendre des bières.

— J'en ai plein. Viens, monte. »

Je suis monté. On a suivi la route.

« Quelles sont les nouvelles de ton ex ? a-t-il dit.

— Elle m'en veut à mort.

— C'est pas nouveau, si ?

— Non. »

On a tourné pas mal. On a bu pas mal. Il avait du Thin Lizzy, et quand il a mis ce bon vieux Philip Lynott, le crépuscule du soir a commencé à virer au violet et à se couvrir de beaux nuages blancs baignés de lumière grise qui s'amassaient très haut dans les cieux et se déployaient lentement comme des gigantesques marshmallows ou comme des champignons. Cette splendeur était telle qu'elle m'a fait tout simplement secouer la tête. J'étais vivant, il était vivant, les serpents étaient dans les fossés, les cerfs s'aventuraient hors des bois, la bière était froide, Monroe était débarrassé de sa bonne femme, j'étais débarrassé de la mienne, nous étions libres comme l'air. Nous venions tous les deux de traverser un problème de femmes et nous savions ce que ça signifiait. Un cœur brisé, le foutoir dans la vie, et personne ne pouvait nous prémunir pour la prochaine fois. Tu en perds une, tu en prends une autre. Un jour elle t'aime, et un autre jour, à des années de distance, elle te déteste. Salopard. Pauvre con. Oh, oui, baby, fais-moi jouir. Tous ces mots sortent de la même bouche. Tsst, tsst ! T'es mon seul et unique. T'as qu'à te lever et le réparer toi-même.

« On est en plein crépuscule, mon pote, a-t-il dit. On est juste dedans. »

C'était vrai. James Street[1] nous avait donné la phraséologie. Le vent nous balayait les cheveux. Nous avions baissé les vitres et mis les bras à l'extérieur. Il faisait chaud. La vie était vivante, réelle, et nous ne répandions pas tout un tas de choses empoisonnées dans l'atmosphère. Je ne m'étais pas senti aussi bien depuis un bout de temps.

« C'est le crépuscule, c'est sûr », j'ai dit.

Il a eu une sorte de ricanement au-dessus de son volant.

« Si on allait se bourrer la gueule ? Tu veux ?

— Se bourrer la gueule ? Où ça ?

— Ah, merde, on peut aller en ville, si ça te dit. N'importe où. Je m'en fous. »

J'ai allumé une cigarette. J'avais réduit.

« Ouais. Je crois qu'il vaut mieux pas que je déconne. Je crois qu'on s'est quand même bien bituré les deux derniers soirs, pas vrai ?

— À la suite, mon pote. À la suite. C'est pour ça que j'ai tellement envie de sortir ce soir et de remettre ça. Pour voir si on y arrive trois soirs de suite.

— Oh là, qu'est-ce que j'étais bourré, hier soir.

1. Écrivain du Mississippi (1903-1954).

— Je sais. Moi aussi. Est-ce que tu te souviens de comment on est rentrés ?

— No-on, *man*. J'étais trop bourré. »

On a continué à rouler. Les étoiles n'arrivaient pas à percer, pas encore, mais elles n'allaient pas tarder à apparaître. La nuit allait recouvrir la terre. Tout ce qui dormait dans les bois allait alors se réveiller : les ratons laveurs sortiraient de leurs cachettes, tout comme les lapins si peureux. Je voyais déjà presque la tête des castors fendre les rides de l'eau dans le Potlockney. Je voulais de la chair de femme. Ce que je veux dire c'est que, pour ce que ça valait, je désirais des cheveux longs dans mes mains et des seins contre ma poitrine. Ça me faisait mal, terriblement mal, cette envie, et je ne voulais pas que Monroe s'en aperçoive. Alors j'ai dit : « Ouais, d'accord. On n'a qu'à aller se bourrer la gueule. »

24

Nous nous sommes réveillés en pleine chaleur. Et au milieu des bois. Pourquoi nous faisons ce genre de choses, je n'en sais rien. Ça paraît si facile, quand on commence. Deux ou trois bières froides, un peu de fumette. Ça ne fait de mal à personne. On va simplement passer une soirée agréable. Et on se retrouve à être pratiquement à l'article de la mort avant de rentrer chez soi.

Il n'était pas dans la voiture. Il était inconscient, par terre. Allongé dans un endroit illuminé par le soleil avec des tiques qui grouillaient sur son corps. Il était neuf heures. Il était niqué pour ce qui était du boulot. Il faudrait qu'il téléphone.

Quand je l'ai réveillé, il avait des bouts d'écorce et de saleté collés au visage. Il n'arrivait pas à croire que nous étions là. Aucun de nous deux n'avait tiré son coup. Les meufs étaient chez elles et dormaient. Nous avions du vomi séché sur nous : les vrais dragueurs. Les célibataires rois de la fête ! Aussi efficaces dans la biture qu'une porte grillagée sur un sous-marin.

Il ne voulait pas se lever. Il voulait rester là, par terre, et dormir. Il a dit qu'il se débrouillerait à condition seulement que je le traîne jusqu'à un endroit à l'ombre.

25

Le soir suivant, j'étais assis à ne rien faire sur le porche derrière la maison. Je buvais une bière. J'avais décidé que c'était terminé pour la journée. J'avais pondu un truc, mais je n'étais pas vraiment sûr de sa valeur. Même si l'impression générale était bonne, je manquais de certitude. Le monde au sens large a une conception plutôt étriquée des choses. Mon travail pouvait tomber dans les mains d'une grande gueule de Chillicothe, et il suffisait que ce jour-là le mec en question n'ait pas pu mettre la culotte de femme qu'il affectionnait — avec un trou devant, bien sûr —, pour qu'il le refuse. Je ne savais pas. Je savais seulement que les éditeurs étaient des êtres humains et qu'il devait donc y avoir parmi eux pas mal de ringards, de coincés peu réceptifs à des textes neufs et libres. Je savais aussi que nombre d'entre eux cherchaient la nouvelle voix à venir. Mais ceux-là, j'ignorais où les dénicher. Ils ne portaient pas des noms que je connaissais, et ces noms-là je ne savais pas comment les trouver.

Et puis il y a eu comme un soulèvement de chauves-souris. Comme si toutes les chauves-souris de toutes les cavernes de l'enfer avaient décidé de sortir et de venir voler autour de ma maison. Leur manège m'a vite agacé. J'ai pris mon fusil et je me suis mis à tirer et à vider mes cartouches. Pan ! Et voilà ton petit cul explosé, viré du ciel. Bang ! Un trou pour laisser passer l'œil de la lune.

Bon, à la fin, j'ai réussi à les harceler assez pour qu'elles dégagent de mon crépuscule. J'ai fait deux ou trois trous dans quelques compagnies. Comment peuvent-elles se pendre par les pieds et dormir ? Je m'en foutais parce que je n'étais plus avec Marilyn et que Betti DeLoreo n'avait pas répondu. Et j'avais environ quatre bières dans l'estomac, ce qui est apparemment mon point de bascule, le moment où je prends la décision de me biturer ou pas. D'habitude, je dis oui, mais, à ma décharge, il y a eu aussi un certain nombre de fois où j'ai refusé.

26

Un peu plus tard le même soir, j'ai porté les enceintes sur le porche de derrière et je me suis mis à communier un peu avec la nature. J'adorais la nature et j'avais l'impression qu'elle m'adorait aussi. Pourquoi, sinon, enverrait-elle ces lucioles et ces tourterelles, et ces oies qui cacardaient dans le ciel avec des hurlements de cochons sauvages ?

L'obscurité me convenait. C'est à cette heure-là que les femmes sortaient. Elles étaient un peu comme des serpents ou des chouettes, cherchant ce qu'elles peuvent attraper pendant la nuit. Je les aimais pour cela, je trouvais que c'était une bonne façon d'être. J'étais pareil, et je pensais que rien ne me ferait changer.

Je l'ai entendu ralentir sur la grand-route avant d'arriver à l'allée. Le grondement lointain s'est amenuisé. Monroe se donnait beaucoup de temps pour réduire sa vitesse, il économisait ses mâchoires de frein. J'ai regardé au-delà des arbres, de la rivière et de l'herbe. Il y avait des poissons-chats qui nageaient là-bas. De vieilles tortues, déjà vivantes à l'époque où le général Lee s'était rendu. Je les avais vues : des monstres avec de la mousse sur la tête, remontées des profondeurs et griffant le bateau. Si on reste assis là-bas dans une embarcation qui ne bouge pas, on voit les castors sortir, s'asseoir sur la rive et se laver les mains et le visage.

Ouais, ça avait tout l'air d'une nuit à femmes. Il ralentissait de plus en plus en s'approchant et moi j'ai monté juste un peu le volume de *Cowboy Song* par Thin Lizzy. J'étais malheureux que Philip Lynott soit mort ; et Roy Orbison venait de mourir juste deux semaines auparavant. Mes héros s'écroulaient autour de moi, depuis des années, en fait. Hendrix, Morrison, Joplin, Croce, Chapin, Redding, Elvis, et Sam Cooke aussi était mort, sans parler de Lennon et de Mama Cass. Je ne voulais même pas penser aux autres.

J'ai entendu le gravier crisser sous ses roues. Il venait pour m'emmener. Des faisceaux de lumière se sont projetés sur le côté de la maison. J'ai entendu son alternateur protester à cause d'une courroie détendue, et je buvais ma bière à petites gorgées. Je sirotais des bières depuis deux heures en l'attendant.

27

La fille paraissait sans vie. Merde, elle est morte, me suis-je dit en la regardant. Puis j'ai tourné les yeux vers Monroe et j'ai pensé : il n'est quand même pas mort, lui aussi ! À la fin, j'ai vu leurs poitrines se soulever et s'affaisser. Le pantalon de Monroe était à moitié remonté, celui de la fille à moitié descendu. Le soleil brillait de nouveau sur nous. Nous étions des sortes de vampires extra-forts que le soleil seul rendait malades. Il n'allait pas nous tuer, non, rien de tel. Mais il y avait des fois où il ne nous faisait pas du bien.

Ils étaient sur le siège arrière. Moi devant. Quelqu'un labourait un champ avec un tracteur devant nous, de l'autre côté de la route. Tout ça manquait de merveilleux, surtout parce qu'on se demandait qui d'autre aurait pu, ou aurait dû, se trouver avec nous : où les avions-nous donc laissés, à quel stade de leur incarcération ou de leur remise en liberté ? Car je me souvenais vaguement qu'à un moment de la nuit précédente nous avions eu des compagnons de fête.

Je les ai réveillés. Apparemment, Monroe pensait que deux de ses potes pouvaient être à la prison du comté de Pontotoc et avoir besoin de notre assistance, si maigre soit-elle.

Nous avons évidemment foncé jusqu'à la prison du comté de Pontotoc. Un homme corpulent, aux joues rouges, s'est présenté à la porte d'entrée.

« J'peux vous aider ?

— Oui, m'sieur. On croit qu'on a peut-être des amis en prison, ici.

— Quel nom ?

— Monroe, comment ils s'appellent ? »

C'est la fille qui a parlé : « Jerome et Kerwood White. » Elle semblait plutôt inquiète, étant donné qu'il s'agissait de ses petits frères.

« White ? White. J'crois pas que j'aie leur nom sur ma liste. Ah, mais il me semble qu'on a eu deux White tués dans un accident de voiture pendant la nuit. Oui, c'est là. C'est bien eux ? Jerome et Kerwood ? Un individu de vingt-sept ans, un autre de vingt-cinq ans. Morts sur le coup. Un semi-remorque là, sur la Route 6. Il

en a décapité un, je crois bien. Vous êtes appa-
rentés à la famille ? »

28

Ce n'était pas une très bonne idée, de se rendre à l'enterrement de ces garçons. Il pleuvait,
il y avait de la boue, les gens s'agressaient avec
leurs explosions de chagrin, leurs cris, leur
façon de tout coller sur le dos de Dieu. Il y
avait quelque ironie là-dedans, puisqu'ils
étaient tous venus ce jour-là chercher le récon-
fort en Lui. J'ai vu une femme tomber sur le
cul contre les marches de l'église. Elle avait un
slip noir qu'elle a montré au monde entier.
J'avais des écorchures sur la tête, et personne
ne pouvait m'expliquer pourquoi.

L'endroit où on les a enterrés se situait au
pied d'une colline où poussaient des chênes
blancs. Il y avait beaucoup de gadoue. On la
voyait se coller aux talons des chaussures des
femmes. Une argile rouge, et dès qu'on voulait
soulever le pied, on arrachait deux fois le volume
de la godasse. Mais ce qui m'a attristé le plus,
c'étaient les vieilles couronnes et les croix en
polystyrène passées en vert à la bombe, tous ces
témoignages et hommages d'amour enlevés à

d'anciennes tombes et entassés contre une clôture en fil de fer barbelé rouillé, abandonnés, mouillés et délabrés. Amour délabré, si délabré. C'est à ce moment-là que j'ai mesuré à quel point les diverses formes d'amour sont différentes. L'amour entre homme et femme, entre mari et femme est tout autre chose que, disons, l'amour entre père et fils, ou père et fille, ou frère et sœur, ou frère et frère, ou entre un beau-père et un petit cousin. L'amour pour la bonne personne peut vous pousser à n'importe quoi, même à sacrifier votre vie. J'étais certain de l'existence d'un amour aussi fort. Je le ressentais pour mes enfants. En regardant à côté de moi, j'ai vu le père et la mère de Jerome et Kerwood White qui se tenaient l'un à l'autre, les yeux fixés sur les deux cercueils, et j'ai pensé à l'époque où c'étaient des bébés en couches-culottes, et même encore avant, et puis aux rendez-vous qu'ils s'étaient donnés, aux mariages auxquels ils avaient assisté, aux visites sur le porche devant la maison, à leur premier baiser, à leur maison — une petite maison pour commencer jusqu'à ce que les enfants arrivent. Et ce qui était sur leur visage était l'horreur.

J'avais bien peur de savoir comment tout cela finirait. L'homme se mettrait à boire davantage et la femme vieillirait vite. De solitude et de chagrin. Il y aurait en elle un vide que personne ne pourrait combler. À leur âge, les rapports sexuels n'avaient sans doute plus tellement d'importance. Mais peut-être que si, entre eux. Je l'espérais. J'espérais que c'était entre eux quelque chose de suffisamment intime pour les maintenir ensemble : le vieux corps ridé du mari contre le vieux corps ridé de sa femme, et le souvenir de leur corps tel qu'il était quarante ans plus tôt. Mais si ça n'avait pas d'importance… si ça ne pouvait pas les unir… s'ils connaissaient des nuits où le mari rentrait tard des bars… tandis qu'elle tricotait en silence dans le séjour… quel but aurait encore leur vie ? Sans ces deux êtres sur lesquels ils s'étaient concentrés pendant si longtemps. Depuis les couches jusqu'au décès. Probablement soûls quand ils étaient morts.

Je suis allé vers eux et je les ai serrés dans mes bras. J'ai pleuré avec eux. Ils ne me connaissaient pas. Ils ont pleuré avec moi quand même.

29

J'ai vu le poème de Raoul. Il est paru dans le numéro de printemps de *Rabbe Mabbe*. Ils l'avaient un peu révisé, un peu adouci, ils lui avaient ôté une partie de son audace, presque toute, en fait, mais Raoul ne voulait pas en

parler. Il écrivait un roman. Je lui ai dit :
« Fonce, enfoiré ! »

30

J'ai eu les enfants pendant un week-end que
mon ex passait avec quelqu'un — je ne savais
pas si ce quelqu'un était mâle ou femelle. À ce
stade, rien ne m'aurait étonné de sa part. J'espérais seulement qu'elle ne faisait rien devant
les gosses qui puisse leur nuire.

Alisha m'a chié dessus deux fois. Alan et moi
avons construit un grand feu dans la cour de
derrière en utilisant des cageots et d'autres
choses en bois. Nous avons fait griller vingt-sept
hot dogs et un paquet de marshmallows. Nous
avons monté notre vieille tente, pris des duvets
et des oreillers dans la maison, et nous avons
campé dans la cour tout le week-end, sauf les
moments, dans la journée, où nous avons regardé la télé à l'intérieur. Ça a plu à Alisha.
Nous ne savions pas si elle avait un retard men-
tal ou pas. Il y avait un risque, nous avait-on dit,
mais nous n'avions pas encore de certitude.
Elle paraissait lente. Il lui fallait du temps pour
concentrer son regard et pour comprendre ce

qu'on lui disait. Du temps pour apprendre à aller sur le pot.

La nuit, sous la tente, je l'ai tenue contre ma poitrine et j'ai senti son cœur battre sous sa peau ; j'ai senti ses cheveux soyeux caresser mon visage. Tu mérites de meilleurs parents que nous, ma fille, me suis-je dit. Elle essayait de parler, mais les mots n'arrivaient jamais. Ce week-end-là, j'ai dû lui dire cinq cents fois papa rien que pour qu'elle tente de le répéter. Elle n'a jamais voulu. Mais elle savait qui était papa. C'était le principal. Il se peut qu'elle n'ait pas eu le mot dans sa tête. Mais elle savait qui était papa.

Alan le savait aussi. C'était lui, mon cow-boy. Je voulais qu'il monte Thunderbolt avec moi, et je me suis promis d'appeler mon oncle Lou pour lui en parler. Nous avons tous dormi dans le même sac de couchage parce que je voulais qu'ils soient près de moi, je voulais leurs petits visages et leurs petites mains sur moi, et je voulais respirer toute la nuit leurs petites exhalaisons si douces et si pures. Je l'ai fait. Et le dimanche après-midi, à dix-sept heures, je les ai rendus à leur mère et j'ai essayé de ne pas pleurer quand ils sont repartis dans l'allée en me faisant signe derrière la vitre et la poussière.

Monroe s'en est voulu de la mort de ces garçons. La fille était leur sœur, ce que j'avais
ignoré cette nuit-là. Ce qu'ils avaient fait, c'était
d'aller s'encastrer à cent cinquante kilomètres-
heure sous un semi-remorque qui traversait la
route. Il y avait une seule trace de pneu sur
trente mètres. Ce qui signifiait, selon la police
de la route, qu'ils avaient au moins une mâ-
choire de frein qui fonctionnait. Leur voiture
avait continué de rouler sur quatre-vingt-dix
mètres de l'autre côté du camion avant de s'arrêter. Le toit de leur véhicule était complètement ratatiné et ressemblait à une valise d'acier.

J'ai dû les accompagner à la casse et la regarder. La sœur n'a pas arrêté de pleurer sur
l'épaule de Monroe. Je ne savais pas ce qui
s'était passé, je ne savais pas que nous les avions
rencontrés, que nous étions montés un moment dans leur caisse et que nous avions brièvement circulé ensemble avant de reprendre notre
voiture et de les laisser filer vers leur mort. Leur
sœur, pour une raison ou une autre, avait l'air
de penser que tout était de ma faute. Alors que
je n'avais même pas touché le volant.

Je leur ai dit « à plus tard ».

Marilyn m'a retéléphoné. Betti DeLoreo n'avait toujours pas répondu. Je m'impatientais un peu. Je voulais savoir, quelles que soient les nouvelles, bonnes ou mauvaises. Je n'avais pas trop de mal à jouer avec l'incertitude, c'était l'échec pur et dur qui me posait problème.

« Alisha a des tiques partout.

— Elle était dehors sous la tente avec nous. Mets du vernis à ongles dessus. Elles sont comment ? Ce sont les toutes petites tiques ?

— Ouais. Les toutes petites. C'est à peine si on peut les voir.

— Elles ne donnent pas de fièvre. Ce sont des tiques de chien.

— Tu fais quoi ?

— Rien. J'essaie d'écrire. Je me fais plaisir en me disant que pendant encore trente-huit jours tu n'as aucune possibilité de me tordre les couilles.

— Eh bien, justement je commence à être assez copine avec le juge Johnson. Il m'a payé un milk-shake, l'autre jour, au Burger King.

— Ça a l'air d'être un mec vraiment cool.

— Oh, c'est sûr, c'est sûr. Il trouve honteuse la façon dont on traite les femmes divorcées, dans le Mississippi.

— C'est quoi, un mec de gauche ?

— Je crois qu'il a envie de baiser.

— C'est sans doute ça. Je parie que tu as bien remué du cul devant lui.

— Non.

— Me raconte pas d'histoire. Tu l'as laissé mater l'échancrure de ta poitrine.

— Je crois que je vais changer de boulot.

— Ah bon ?

— Ouais.

— J'ai entendu parler d'un bon boulot, l'autre jour.

— Sérieux ?

— Ouais.

— Où ça ?

— Dans une scierie à Memphis. Ils cherchent quelqu'un pour bouffer de la sciure et chier des planches de dix par vingt. Ça t'intéresse ?

— Je vais te mettre à genoux, tu me supplieras d'avoir pitié.

— Oh non, pas moi.

— Attends, tu verras. Tu sors avec quelqu'un ?

— Si c'était le cas, je te le dirais pas.

— Pourquoi, c'est un vieux gros thon avec d'énormes flotteurs ?

— Tu voudrais bien savoir.

— Bon. Moi, je suis sortie avec un mec qui est *tout à fait* bien. Et si tu veux le savoir, il pense que *Blue Velvet* est un film de malade.

— Merde. T'as fait quoi ? T'as loué la cassette rien que pour voir s'il pensait que c'était un film de malade ?

— Non.

— Oh, là, là. Je parie que David Lynch, en ce moment même, a eu son déjeuner gâché parce que toi et ton petit ami trouvez qu'il a fait un film de malade. Pauvre nunuche.

— Eh bien, c'est pas le seul truc dont tu étais fou. Un mec qui s'achète une casquette de chasse rouge et la met à l'envers, qui la porte comme ça, qui se met à faire des claquettes dans la salle de bains…

— Écoute. On a parlé de ça tant et plus. Il n'était pas fou.

— Alors, pourquoi est-ce qu'on l'a placé dans cet établissement ?

— Parce qu'on l'a *pris* pour un fou.

— Aha ! Tu vois bien !

— Écoute, bordel. Pour la dernière fois. Son petit frère venait de mourir. Le gamin s'était tué en sautant par la fenêtre. Et lui, c'était aussi un gosse. Alors, si tu crois que ça ne peut pas faire déverrouiller quelqu'un…

— Mais ce n'était qu'un livre ! »

Je me suis interrompu.

« Bien sûr, bien sûr », j'ai dit en posant doucement le combiné sur son socle.

33

D'autres de mes nouvelles m'ont été retournées. Certaines étaient accompagnées de mots de refus fabuleux. Mais il n'y en avait pas un seul où une femme me promettait son corps. Je savais que cela viendrait plus tard. J'aurais quand même souhaité un peu plus de précipitation. Je n'avais toujours couché avec personne et je commençais à souffrir de rétention de sperme. Je ne voulais pas connaître le crève-cœur d'ennuis de prostate.

Je m'efforçais d'écrire autant que je pouvais. J'essayais d'y mettre des couilles, du cœur et du sang, comme un bon écrivain me l'avait un jour conseillé. Parfois, ça me tuait, ça m'anéantissait. Je savais qu'une partie au moins de mes écrits était bonne, mais je n'avais encore trouvé personne pour partager ma vision. Personne qui ait du pouvoir. Qui puisse dire oui ou non à la publication de mon travail. J'étais au courant des hiérarchies, des jalousies, des notes qui passent d'un bureau à l'autre, des petits billets griffonnés d'une main rapide. Ces gens ne savaient rien des carrières qu'ils poussaient ou qu'ils retardaient avec leurs bouts de papier, de la foule de gens comme moi qu'un trait de leur stylo faisait vivre ou mourir. Ils n'avaient aucune idée du pouvoir qu'ils exerçaient. Nous formions une vaste nébuleuse sans visage d'auteurs non confirmés, et il y avait dans ces manuscrits tant de choses mauvaises qu'il était difficile d'en extraire les bonnes. Il était possible qu'ils soient devenus blasés, que leur regard ait été fossilisé par la merde qui leur tombait sous les yeux. Il était possible qu'une telle quantité de mauvais manuscrits les ait persuadés que tout était pareil, que rien n'allait émerger du tas de merde, que leur recherche était déjà terminée et qu'ils n'allaient pas découvrir le prochain Hemingway. Je sentais cela avec beaucoup de force. Je ne pouvais pas le prouver, mais je le sentais.

Je me demandais si la grande Betti DeLoreo était quelque part dans sa haute tour d'ivoire, avec ses ongles vernis en rouge et sa crinière de cheveux noirs ramenés sur le côté, en train de lire des manuscrits, une fournée de merde après l'autre. Je me demandais si elle pensait à moi. Je savais que c'était peu probable. Il y avait beaucoup de gens comme moi et seulement une personne comme elle. Et elle n'était qu'un rouage dans une grande machine. Parfois, tout cela me semblait sans espoir, mais je savais que je devais continuer. J'avais choisi ma voie. Rien ne m'en détournerait.

34

J'étais dans un bar, un soir, et j'avais bu avant d'y arriver. J'avais conscience de m'aventurer dans des eaux dangereuses, à boire la nuit en ville alors que je devais conduire pour rentrer chez moi. La police de la route arrêtait régulièrement des gens. Il valait mieux prendre des routes secondaires, se montrer responsable. J'avais de bonnes intentions, mais la boisson les gâchait souvent.

Ça commençait avec le soir : les deux ou trois bières de début de soirée, puis la fausse sensation de sécurité qui venait avec la tombée de la nuit. Je roulais sur des petites routes avec ma glacière sur le plancher. Je passais un peu de musique. La chaussée défilait lentement, pas plus de cinquante-cinq kilomètres-heure. Mais parfois les méandres de la voie aboutissaient à la ville.

Il arrive que tu voies quelqu'un que tu n'aimes pas, et quand tu le regardes tu comprends que c'est un sentiment partagé. Vos yeux se rencontrent brièvement et se détournent, comme ceux de deux chiens qui se mesurent. Ce soir-là, chaque fois que tu le regarderas, il sera lui aussi en train de t'épier. Il te suffit d'attendre que l'alcool fasse son effet pour que tu aies ta surprise. Un poing en pleine gueule, si ça se trouve.

C'était ce à quoi j'étais confronté ce soir-là. Un connard avec une gueule bizarre. Je suppose qu'il était jaloux de ma belle tronche, ou en tout cas de ma tronche peu marquée, car c'était surtout cela qui nous différenciait. D'abord, quelqu'un avait dû lui virer ses deux incisives à coups de pompe. Et puis lui bouffer la moitié d'une oreille. Ensuite, on avait dû essayer de lui arracher l'œil droit avec une chevalière ou un truc comme ça qui avait profondément mordu dans sa paupière, laquelle, du coup, pendait jusqu'au milieu de son œil et lui donnait cet air... bizarre. Un mec avec un problème. Ça se voit tout de suite. Il n'ira pas voir de chirurgien esthétique. Ce qui, dans sa vie, l'a conduit à cet état de détérioration ne lui permettra pas de se réparer. Il préfère se défouler sur des mecs sans balafres, comme toi, et les amener à lui ressembler un peu plus. C'est le genre de chose qui te donne envie de tourner le dos, de finir ta bière et trouver un autre endroit pour aller boire cette nuit-là. Parce qu'une fois qu'il t'a lancé ce regard de pitbull, tu sais que tu ne t'en tireras pas sans confrontation.

Je connaissais quelques-uns de ceux qui étaient un peu plus loin, en train de jouer au billard américain. Des piliers de cèdre soutenaient le plafond. En levant les yeux, on voyait des nibards tout à fait délectables. Des petits culs ronds reposant sur des canapés en velours, de longues jambes élégantes. Où trouvent-ils ces femmes ? Elles ne sont pas ici, dans le monde. Je ne les ai jamais vues. En tout cas, elles ne traînent pas dans ce bar.

J'ai tourné un peu dans la salle. C'était en fait sans intérêt. J'aurais dû être chez moi à écrire. Mais j'avais tellement écrit que, pour l'instant, j'en avais marre. Et j'espérais que je pourrais tomber sur une femme de mauvaise réputation ou sur une paumée tenant assez peu à sa réputation pour m'inviter chez elle à passer la nuit. Je savais que je n'avais aucun baratin à présenter, aucun. Je ne pouvais tout simplement pas m'ouvrir. Je savais que les femmes me considéraient comme inamical parce que je n'avais pas de tchatche. Mais mon problème était ailleurs. Qu'est-ce que je pouvais bien ajouter après avoir dit « Salut » ? « T'es du coin ? » Pourquoi est-ce qu'elles prenaient cet air supérieur quand j'essayais de leur parler ? Est-ce qu'elles ne souhaitaient pas un corps chaud contre le leur ? Je ne connaissais aucune des réponses. J'avais rencontré ma femme grâce à un rendez-vous arrangé par un autre couple. On s'était pas mal familiarisés l'un avec l'autre sur le siège arrière avant même d'avoir quitté l'allée de garage de la maison de son père.

La jeune femme qui s'occupait du bar a souri en me débarrassant de ma canette vide.

« Une autre Bud, s'il vous plaît. »

Elle a mis la bouteille vide dans un carton et elle s'est penchée vers le frigo pour en prendre une fraîche.

« Voilà. Un dollar cinquante. »

J'ai payé, et d'un geste j'ai refusé la monnaie. Qu'est-ce qui clochait, chez moi ? Pas du tout de tchatche. Mon ex arrivait sans doute à se procurer toutes les satisfactions amoureuses qu'il lui fallait. Je ne comprenais pas pourquoi c'était l'homme qui devait courtiser la femme. Ce qu'elle a vaut-il plus pour lui que ce qu'il a ne vaut pour elle ? Je ne le croyais pas. J'estimais que les deux étaient à égalité. Et puis, bien sûr, il y avait la question des homos et des lesbiennes. Sans parler des fouets, des chaînes, du fétichisme du pied et de tous ces autres trucs un peu spéciaux dont on entendait parler.

J'ai aperçu un garçon avec qui il m'était arrivé de faire de la peinture en bâtiment. Je suis allé près de lui. Comme moi, ce n'était pas un grand bavard.

« Salut.

— Salut.

— Comment ça va ?

— Bien. Et toi ?

— Pas mal. T'as envie d'une bière ?

— Non. »

Nous avons regardé un moment des gens jouer au billard. Je ne savais même pas pourquoi j'étais là. J'avais toujours compté qu'il se produirait quelque chose, mais ça n'arrivait jamais. Et ça n'arriverait jamais, pas à moi. Je me suis tourné pour partir : le mec que j'avais vu au début était là devant mon nez. J'avais déjà connu ça.

« J'aime pas ta gueule.

— Ah bon ? Tant pis pour toi. »

Il m'a envoyé un crochet. Je l'ai esquivé. Il a recommencé. J'ai encore esquivé.

« Hé, *man*, t'es bourré. Dégage. »

Il m'a envoyé un autre crochet. Cette fois, son poing a heurté un des piliers en cèdre. J'ai entendu sa main se briser. Ça l'a dégonflé instantanément. Alors j'ai vu que ce n'était pas une terreur capable de démolir tous ceux qu'il voulait. C'était juste une lavette avec une main cassée.

Il est tombé à genoux et il s'est mis à hurler en se tenant la main. J'aurais pu lui balancer un bon coup de pied sur le côté de la tête ou sur la nuque. Mais je suis resté là, debout, à le regarder. Ça me faisait plaisir — ce qui, je suppose, est un des aspects négatifs de mon caractère.

35

Un autre soir où j'étais là, il y avait un vieux qui était écroulé sur le bar et qui grommelait entre ses dents. J'ai pris une bière et je me suis placé près de lui. Si on avait éteint la télé, fait taire les mecs qui jouaient au billard, arrêté la musique et MTV, on aurait pu entendre ce qu'il disait. Il avait dans les soixante-dix ans, il portait une veste élimée, des cheveux qui avaient besoin d'une coupe et des chaussures en sale état. C'était à peu près ce à quoi je ressemblerais dans trente ans si je continuais comme maintenant. Rien de ce que j'aurais écrit n'aurait été publié et je serais un vieillard tout décrépit, plein d'amertume contre le monde. Le tableau n'était pas très joli.

« 1966 », a-t-il déclaré. Il a secoué la tête violemment, et il a fixé sa bouteille de bière avec l'air de vouloir tuer quelqu'un. « Toi. Elle. Tout le monde. Le monde entier. Ouais. Le monde entier est au courant. Et à quoi ça a servi d'essayer ? Trois putains de semaines. La seule fois où ça a fait quelque chose, d'essayer de te parler, c'était quand tu étais petit. L'un après l'autre. J'arrêtais pas d'espérer et ça servait à rien. C'est pas possible. Ça le sera jamais. Ils laissent pousser leurs cheveux, fument des cigarettes, s'enfuient de la maison, et puis ils ont des ennuis et ils téléphonent pour avoir de l'argent. T'as qu'à vendre ton cul dans la rue. T'en feras d'autres comme toi. On sait même pas combien. Il faudrait les foutre ensemble et les expédier en Chine ou en Afrique, ou ailleurs, là où personne vous connaît. »

Je me suis penché sur le comptoir près de lui. « Le vide, j'ai dit. Cette sensation de creux. Le monde entier qui résonne avec vous, ou alors c'est le regard indifférent d'un homme d'affaires dans sa voiture. Ou quand vous essayez de vendre des journaux et que vous avez un chewing-gum collé à votre semelle. Qu'il pleut. Qu'une neige fondue et regelée, froide et dure, tombe du ciel. Un biscuit, mais pas de confiture à mettre dessus. »

Je l'ai regardé. Il m'a regardé. Il s'est retourné vers sa bière.

« Elle avait des géraniums, a-t-il dit. Des petits cahiers noirs qui en étaient bourrés. On pouvait pas dire combien y en avait. » Il a secoué la tête. « J'ai commencé à les compter un soir à vingt-trois heures quarante-cinq. J'étais arrivé à trois cent soixante-douze quand ça a sonné. Je suis allé à la porte en me répétant trois cent soixante-douze, trois cent soixante-douze, trois cent soixante-douze. Un gars avec une fourgonnette de livraison. Il apportait quatorze chrysanthèmes pour Mme Rose Dale Bourdeaux.

C'était un petit bonhomme, noir, avec une moustache comme dessinée au crayon. Et des yeux de fouine, il essayait de repérer tout ce qu'il y avait dans la maison derrière moi.

— Soûl, j'ai dit. Voilà où j'en suis. Soir après soir après soir. Et le monde entier veut pas se réveiller et te regarder. Pourquoi ? Parce que personne n'aime ça. Pas dans leur maison, pas dans leur voiture, pas dans leur église. Ils te jettent à la poubelle et viennent te ramasser le lendemain matin. Ils t'essuient, te font asseoir et te disent : jeune homme, t'as intérêt à marcher droit, maintenant. À marcher droit et dans les pas. Jeune homme, droit et dans les pas de papa.

— Il faut tous les flinguer, a-t-il dit. Les aligner contre le mur, et aligner leurs cons de meneurs aussi et leur filer quarante coups de bâton. C'est ce qu'ils ont fait à ce mec-là, dans l'Utah. Ça l'a soulagé. Ça lui a fait sortir tout son poison. Il avait du poison en lui, et il n'avait aucun moyen de le faire sortir sauf quand il allait pisser, et même alors c'était juste un peu à la fois. Son corps fabriquait plus de poison qu'il pouvait en évacuer. Ça lui en faisait à peu près deux litres par jour, et ça c'était pendant l'hiver.

— On aurait dû le mettre en bouteille et le vendre, j'ai dit.

— Quoi donc ?

— Son poison.

— Oh non. Non. Non. Non, non, non, non. On fabrique pas de récipient qui puisse le contenir. On pouvait pas le transporter en camion. Tout de suite, il tomberait, roulerait en bas de la pente et se casserait. Et alors, on serait pas dans la merde. Y aurait des gosses qui viendraient courir par là et qui marcheraient dedans. Non, il vaut mieux pas le mettre en bouteille. »

Je n'ai rien dit. Il ne me regardait plus. Il avait énoncé sa dernière phrase d'un ton tellement péremptoire qu'il n'y avait plus aucune place pour une discussion. Je n'ai pas essayé de l'entraîner à poursuivre la conversation et, au bout d'un moment, après avoir jeté un long regard circulaire et craintif sur toute la salle, il est parti d'un pas pressé.

36

J'ai commencé à avoir des pollutions nocturnes et parfois diurnes. D'énormes éjaculations qui me donnaient l'impression de grandes coulées de lave dans mon urètre. Elles se produisaient toujours au moment où, dans mon rêve, j'allais la pénétrer. Je n'arrivais jamais à mettre ma bite en elle. La vue de ses nibards, parfois même seulement de sa chatte, me faisait décharger. Je me réveillais avec mon slip mouillé, je poussais juste un gémissement et je me retournais. Mais il m'arrivait aussi souvent de rêver à des femmes alors que j'étais tout éveillé. J'imaginais une scène très élaborée avec un dialogue bien obscène, je me construisais un petit film érotique dans ma tête.

Je n'avais aucune nouvelle de mon travail. J'avais plein d'argent, mais pas beaucoup de désir. Je buvais de plus en plus et j'écrivais de moins en moins. Je lisais les critiques de livres dans la presse locale, et je notais chaque semaine la liste des best-sellers. Je rêvais que mes histoires paraissaient dans des magazines et que mon nom s'étalait sur des couvertures de livres, choses auxquelles les gens de mon entourage n'avaient jamais accordé la moindre pensée. Je connaissais des gens qui étaient analphabètes ou quasiment, et j'allais boire avec eux. Un jour, je suis allé acheter de la bière de l'autre côté de la rivière avec un garçon qui habitait près de chez moi. C'était quelqu'un qui coupait et transportait du bois pour faire de la pâte à papier, mais, pour une raison ou une autre, il savait que j'écrivais. Son T-shirt était raide de sciure, et la glacière sur le plancher de son camion était déjà pleine de bière, mais on était vendredi, il venait d'être payé pour deux chargements ce jour-là, et il s'était arrêté chez moi pour me proposer d'aller là-bas avec lui. Il s'est avéré qu'il écrivait des poèmes et qu'il voulait que j'en lise quelques-uns. En parlant, j'ai découvert plein de choses à son sujet. Il n'était pas d'ici. Il avait étudié à Washington University et il était diplômé en neurobiologie, mais il avait brusquement décidé qu'il ne voulait pas travailler dans ce domaine. À présent, il coupait du bois, risquant chaque jour sa vie pour des troncs de pin, et la nuit il écrivait de la poésie. Il s'appelait Thomas Slade et il m'a confié qu'il était prêt à écrire un roman.

Dès que nous avons été sur la route, il m'a donné une bière, et je me suis mis à lire ses poèmes en fumant des cigarettes. Ils possédaient une métrique étrange, ils étaient rimés et le choix des mots était bon. Nous sommes restés silencieux pendant que je lisais. Nous buvions de la bière, profitant du soleil et du sentiment que peut-être deux âmes sœurs étaient sur le point de se rencontrer. Le premier poème était sur son père, un alcoolique, et il contenait quelques images très vivantes. C'était quelque chose de fort, et je le lui ai dit. Le poème suivant parlait d'enfants dont le père avait écrasé un écureuil en conduisant : ils s'étaient tous mis à hurler jusqu'à ce qu'il s'arrête. L'écureuil avait les tripes à l'air, mais il vivait encore. Le père avait dû passer à deux reprises en marche arrière sur le corps de la bête pour l'achever.

Ce poème était excellent, et je l'ai dit à Thomas. Il a eu un sourire timide, mais je voyais bien qu'il était content. Sur le siège, entre nous, était posée une tronçonneuse Stihl 041 Farm Boss. Sur le plancher, il y avait des jerricanes d'essence et d'huile. Je commençais vraiment à m'amuser.

À trois kilomètres du magasin de bière, on a été arrêtés par un agent de la police de la route. Nous étions en train d'écouter Patsy Cline sur le lecteur de cassettes de Thomas, un appareil bricolé et coincé dans le tableau de bord, avec des fils qui dépassaient de partout, mais qui marchait. Et d'excellents baffles étaient suspendus au plafond de la cabine par des cintres. Nous venions de nous agiter, de nous tortiller et de pousser la complainte avec Patsy — que Dieu ait son âme, elle qui s'est encastrée dans le flanc d'une montagne il y a tant d'années de cela. Mon chauffeur avait déjà bu plusieurs bières, ce que le policier a senti en humant l'air après avoir constaté que le camion n'avait aucun éclairage d'aucune sorte. Il ne possédait pas non plus de vignette de contrôle. Ses pneus étaient mous comme de la merde. J'ai compris que nous n'allions pas nous en tirer comme ça.

Je suis resté dans le camion pendant que Thomas parlementait. Pendant qu'il marchait droit, et que, les yeux fermés et la tête penchée en arrière, il suivait à reculons une ligne droite parallèle au bas-côté de la route. Puis qu'il faisait dix pompes, sans oublier de claquer des mains sous sa poitrine chaque fois qu'il était en position haute. Après tout cela, le flic nous a laissés partir. Il nous a dit de « faire réparer ces putains de feux ». Il semblait mécontent de ne pas pouvoir nous mettre en prison. Bon, il avait son boulot, et nous le nôtre.

Nous avons rejoint le bar à bières presque en un clin d'œil, si on considère que nous avions été retardés par un lardu, par le plus motivé des keufs de la route, le plus énergique, le plus déterminé à choper-des-mecs-comme-toi qui ait jamais pété dans une voiture de police. Le bar grouillait de monde. J'ai collé au train — ou j'ai essayé — d'une nana qui me semblait être une femme mais qui s'est avérée n'avoir que quatorze ans. C'est son grand costaud de frère qui m'a tout de suite mis au courant, m'a averti qu'elle était trop jeune. Il devait avoir dans les dix-sept ans lui-même. Je me suis senti vieux.

J'ai déambulé un peu. J'ai eu l'impression de tomber dans les pommes. Je m'en suis sorti en me retenant aux piliers et à d'autres choses. Il s'est passé plein de trucs dont j'ai perdu le souvenir. Les gens n'arrêtaient pas de me tendre des bières. Faut croire que ce bon vieux Thomas Slade les payait, mais je ne me rappelle pas. Je n'ai jamais pu le vérifier parce que c'est la dernière fois que j'ai parlé à Thomas. Alors qu'il me ramenait chez moi, tard cette nuit-là, je me suis réveillé sur la banquette arrière où je m'étais effondré ivre mort, j'ai vu des lumières, j'ai entendu un choc, et puis nous avons fait à peu près huit tonneaux. Je n'arrêtais pas de rouler depuis le siège sur le plancher. Des objets volants m'ont cogné la tête. Il y avait sans doute parmi eux les cassettes de Patsy Cline. Thomas Slade en avait huit ou neuf.

Je me suis de nouveau réveillé au moment où des pompiers découpaient le camion avec leurs cisailles pneumatiques. Sur le sol, il y avait un long paquet enveloppé de blanc : Thomas Slade. Par miracle, je n'avais pas été gravement blessé. Une déchirure de douze centimètres au poignet, une autre de sept centimètres au front. Thomas avait eu la colonne vertébrale brisée et la tête écrasée : j'ai compris qu'il n'allait plus couper d'arbres ni écrire de beaux poèmes.

37

Je commençais à en avoir marre, de la mort. Elle annulait pas mal de chèques. Elle sautait à l'improviste sur des gens qui croyaient ne pas avoir de temps à lui consacrer, détruisait des familles qui venaient juste d'acheter une maison neuve. Elle créait des problèmes sans fin pour les gosses et pour tout le monde. Je ne savais même pas pourquoi je m'en inquiétais. Elle allait me choper un jour et je ne pourrais absolument rien y faire. La mort allait broyer tout le monde dans ses mâchoires, même s'il lui arrivait parfois de mordre prématurément. Elle avait attrapé Raymond qui, je le savais, n'était pas prêt à partir. Elle m'avait tourné l'estomac quand elle avait fauché Gardner un jour où il se baladait tranquillement sur sa Harley juste avant son mariage. Elle me filait la nausée, la mort, c'est vrai. J'avais enterré plein de proches. Je craignais de devoir enterrer Alisha. J'avais peur qu'on doive m'enterrer. Je ne voulais pas qu'Alan assiste à ça. Je voulais qu'il aille passer quelques semaines chez mon oncle Lou, qu'il apprenne à monter et à manier le lasso, à soigner les pieds des chevaux, à leur brosser le poil de la façon qui leur plaît le plus. J'avais de la foi en abondance, mais il y avait longtemps que je n'étais pas allé à l'église. Dieu ne me reconnaissait sans doute plus, depuis le temps qu'Il ne m'avait pas vu dans Sa maison. Je me sentais nul, un sac à merde, une raclure de bidet. Je me disais que ma vue ferait gerber pratiquement n'importe qui. Alors je me suis cassé de la ville quelques jours.

38

Ce n'était pas mieux quelques kilomètres plus loin. L'endroit où j'ai atterri m'hébergeait pour trente dollars par semaine. Je m'étais dit que là je pourrais voir pour de bon les dessous de la vie et trouver matière à écrire. J'étais une sorte de clandestin. À l'arrière du bâtiment, il y avait un petit bassin autour duquel les résidents pouvaient s'asseoir dans leurs fauteuils de jardin en buvant de la bière. C'est ce que j'ai fait plusieurs soirs de suite. La plupart des pensionnaires étaient vieux, peut-être n'avaient-ils aucun autre endroit où aller, ou peut-être s'agissait-il d'une maison de retraite décrépite. Je ne savais pas ce que je faisais là parmi eux. Puisque j'avais un chez-moi, pourquoi est-ce que je traînais à boire de la bière avec une bande de vieux ? À contempler les feuilles sur un petit bassin ? Je me rendais compte qu'il me fallait rentrer chez moi et prendre connaissance de mon courrier. Mais je ne supportais pas bien l'idée de me retrouver dans mes pièces sonores et vides.

Il n'y avait pas plus de deux jours que j'étais là quand j'ai assisté à une bagarre. Deux vieux mecs qui n'arrivaient pas à faire grand-chose. Ils avaient commencé par se bousculer un peu, et à présent, ils se couvraient d'insultes. S'ils avaient pu se taper dessus autant qu'ils s'injuriaient, ils auraient tous les deux fini à l'hôpital ou à la morgue. L'air résonnait de jurons particulièrement orduriers. J'en étais presque gêné moi-même.

Un des vieux a réussi à faire tomber l'autre en le poussant, ce qui a mis fin à la partie physique du combat. J'ai regardé le perdant. Assis par terre, il essayait de se relever. Le vainqueur s'en allait. Il roulait des mécaniques. On voyait qu'il ne se prenait pas pour de la merde. Je ne savais pas ce qui les avait conduits à se bagarrer. Je ne voulais pas le savoir. Tout ce que je voulais, c'est que le vieux qui était tombé arrête de jurer comme ça. Cette avalanche d'« enculé de merde ! » devenait lassante. Je savais que Dieu l'écoutait, là-haut. J'ai mis mes lunettes de soleil.

Au bout d'un moment, le vieux par terre s'est redressé et il est rentré. Je suis resté assis là à boire ma bière en regardant les feuilles sur l'eau. Le bassin avait vraiment besoin d'un nettoyage, mais apparemment personne ne voulait s'en charger. Moi non plus, d'ailleurs.

J'ai quitté les lieux quelques heures plus tard en me demandant quand les choses allaient enfin aboutir. J'étais agité, incapable de me tenir tranquille. Je n'étais pas heureux chez moi, et je n'étais pas non plus heureux loin de chez moi. Apparemment il ne me restait plus rien à faire que de *rentrer* chez moi. C'est ce que j'ai fait, un peu à contrecœur.

39

Je me suis soûlé plusieurs jours de suite et je n'ai donc pas vraiment remarqué un tas de choses qui se passaient autour de moi. Le téléphone a sonné à plusieurs reprises, presque toujours quand j'étais couché. Des gens essayaient de me parler et je tentais aussi de leur parler, mais comme nous n'arrivions pas à nous comprendre, je raccrochais. J'ai perdu la notion du temps. Je ne savais pas si on était dimanche, samedi ou mardi. Je suis allé ouvrir le frigo pour voir s'il restait quelque chose à manger, mais il n'y avait rien, et j'ai de nouveau rampé jusqu'à mon lit. J'ai laissé de la bière dans le freezer : elle a gelé, éclaté, et elle a coulé à l'avant du frigo. J'ai remis de la bière dans le freezer, j'ai dormi trop longtemps, la bière a gelé et la bouteille a éclaté. Je savais qu'un jour ou l'autre il faudrait que je dessoûle et que je nettoie, mais je n'y étais pas encore prêt. Je voulais dépasser cet épisode de soûlerie et laisser les choses reprendre leur cours normal si c'était possible.

J'ai tenté d'écrire un poème sur Thomas Slade pendant que j'étais bourré. Le poème était nul. J'ai essayé d'en composer deux autres, sur Jerome et Kerwood White, toujours en étant bourré, mais ils ne valaient rien non plus. J'ai roulé en voiture soûl, je me suis baladé à pied soûl, je me suis endormi soûl et je me suis réveillé soûl. J'écrivais soûl, je mangeais soûl, je me lavais les cheveux soûl. Je regardais la télé bourré comme un coing. Un jour je suis allé soûl chez Monroe pour le voir, mais il était au travail et sa mère n'a pas apprécié du tout. Je savais pourquoi. C'était juste cette soûlographie qui me jouait des tours. J'ai envisagé d'aller voir ma mère soûl, mais je me suis dit que ça non plus ça ne collerait pas. J'ai pensé aller voir Marilyn soûl, mais j'ai compris que ça ne ferait que la persuader un peu plus que je n'étais qu'un ivrogne. Et j'ai eu l'idée d'aller chez mon oncle soûl, mais je n'étais pas assez soûl pour ne pas me rendre compte qu'il allait sans doute me sauter dessus et me foutre une raclée, étant donné l'état des choses et la valeur des sacrifices et toutes les conneries que je lui avais sorties, blablablabla. Et au total j'ai fini par rentrer chez moi soûl, boire un peu plus et me mettre au lit.

J'ai fait un cauchemar, cette nuit-là. J'étais bourré, dans mon rêve, en même temps que tout un tas d'autres gens, et nous étions tous dans un grand enclos en rondins. Il y avait des lardus qui déambulaient. Ils nous avaient tous chopés soûls sur la route. Ces flics s'étaient planqués dans la remorque d'un chauffeur de poids lourd bourré. Et nous avions tous été condamnés à mort. La société allait se débarrasser de ce problème sans état d'âme. On nous exécutait l'un après l'autre, et le monde entier regardait. Certains d'entre nous étaient fusillés, d'autres pendus, d'autres poignardés avec de longs couteaux effilés. Deux mecs devant moi se sont fait tuer à coups de hache. Il y avait des cadavres dans tous les coins. Et ceux qui dirigeaient cette opération vendaient aussi de la bière dans l'enclos, pour voir ce qui allait se passer, je suppose. Mais tout le monde avait déjà dessoûlé et le comptoir à bière n'attirait pas beaucoup de clients.

Au bout de la file où je me trouvais, on avait posté un énorme esclave enchaîné à une souche d'arbre. Les gens avançaient un par un après qu'on leur avait passé les menottes. L'esclave restait appuyé sur le manche de sa hache jusqu'à ce qu'on leur ait posé la tête sur la souche. Alors il brandissait sa hache, poussait un grognement, et la lame sanglante fendait l'air comme un éclair avant de s'abattre avec un SLAC ! sonore.

On m'a conduit jusqu'à la souche. J'avais les orteils qui pataugeaient dans le sang. On m'a passé les menottes et on m'a forcé à mettre la tête sur le billot ensanglanté. Des échardes s'enfonçaient dans mon cou. J'ai essayé de bouger, mais on m'a maintenu en place. J'ai tourné ma tête de côté, vers l'esclave. Ses pieds ont bougé, il a grogné, et une boue mêlée de sang a giclé entre ses orteils.

40

Je me suis réveillé à l'aube. Des engoulevents criaient doucement dans le calme de la nuit, et il faisait frais. Je me suis levé. Il y avait une boîte de jus d'orange surgelé dans le freezer, toute recouverte de bière gelée. J'ai fait couler l'eau dans l'évier jusqu'à ce qu'elle soit chaude, puis j'ai fait fondre en partie le jus d'orange sous le filet d'eau chaude. J'ai trouvé un pichet, ouvert la boîte et laissé tomber la masse jaune dans le pichet. À l'aide d'un couteau à viande, j'ai essayé de la couper en morceaux plus petits. Puis j'ai versé trois fois une boîte d'eau chaude dessus et remué le tout. J'avais la langue si sèche que je ne pouvais même pas me lécher les lèvres, ou que je ne supportais pas de le faire. Il restait quelques glaçons dans les bacs. J'en ai rempli un verre, puis j'ai versé le jus d'orange dessus. J'ai pris mes cigarettes et mon briquet, et, en sous-vêtements, je suis allé sur le porche m'asseoir dans un fauteuil.

Le brouillard se levait au-dessus de la rivière, et des corbeaux en émergeaient. Des voitures aux phares allumés passaient sur la grand-route. Les arbres, dans leur manteau de brume, se dressaient tout sombres sous leur lourd feuillage. J'ai bu un peu de jus d'orange et je me suis senti comme un homme qui, mourant de soif après deux jours dans le désert, se voit offrir l'eau d'un puits. C'était aussi bon que ça. J'ai allumé une cigarette et la fumée m'a fait mal aux bronches. Ce que je m'infligeais était insensé, dénué de raison, ou alors obéissait à des raisons qui n'existaient que dans mon imagination, répondait à des offenses que j'imaginais provenir du monde, car rien n'était jamais de ma faute. Je savais que mes enfants étaient endormis quelque part, avec leurs yeux fermés et leur respiration si ténue. Quand ils dormaient, on voyait facilement leurs longs cils et leur visage que j'avais embrassé si souvent.

J'ai enfoui ma figure dans mes mains et j'ai pleuré en me promettant d'essayer de mieux faire — pour moi, pour tout le monde et surtout pour les enfants. J'ai espéré que ma promesse tiendrait.

41

Mes finances ont recommencé à frôler le fond parce que je buvais et fumais trop et que je me montrais généreux pour payer à boire à des soûlots désargentés. J'en connaissais qui étaient capables d'aller dans un bar sans un sou en poche et qui, en calculant bien leur coup, arrivaient à y rester et à picoler. C'était hors de ma portée, mais je connaissais pas mal de gens qui le faisaient. J'ai décidé d'écrire des histoires intéressantes qui parlaient de ces gens-là, de rester chez moi et de moins boire. Mais quand je me mettais à faire le récit de toutes ces beuveries, ça me donnait envie de me soûler à mon tour tout en écrivant. Du coup, j'ai fini par les écrire *au bistrot* avec mes crayons, mon cahier et mes feuilles étalés partout. Je restais assis là à fumer et à répandre de la cendre, à tirer comme un malade sur mes clopes, à gribouiller sans arrêt. Les autres savaient que je m'évertuais à produire quelque chose de bon, et personne ne m'embêtait. Ils étaient fiers de me voir écrire dans leur bar. Ils ne connaissaient pas d'auteur publié. Mais ils en connaissaient un qui ne l'était pas.

Il y a eu une petite nana qui a commencé à travailler là. Mon cœur a chaviré la première fois que je l'ai vue, parce que je savais que je ne pourrais jamais l'avoir. Elle était tout simplement trop bien pour moi. Elle avait des longs cheveux bruns, et elle portait un jogging avec un T-shirt rayé rouge par-dessus le haut. Elle avait aussi un sourire timide quand elle s'adressait aux autres hommes du bar. Sa beauté me brisait le cœur.

J'étais plongé dans l'histoire de deux mecs qui venaient juste de sortir du pénitencier, et dans celle d'autres mecs qui, en compagnie d'individus secrètement camés, chassaient l'orignal dans le grand Nord-Ouest de la côte pacifique, et puis aussi dans une petite anecdote sur des enfants morts qui se relevaient pour se promener la nuit, quand la nana, s'approchant de moi, m'a demandé ce que je faisais. Ceci après m'avoir vu deux soirs de suite me livrer au même exercice.

« Euh, je... j'écris des histoires, j'ai dit en cachant mon texte avec ma main. Est-ce que je peux avoir une autre bière ? »

Elle a eu son petit sourire timide, et elle s'est retournée pour chercher ma bouteille. Elle souriait en la sortant de l'armoire réfrigérée, et elle souriait toujours en la posant sur le comptoir devant moi. J'ai mis deux dollars sur le bar. Elle en a pris un et elle a repoussé l'autre.

« *Happy Hour*[1] », a-t-elle déclaré. J'ai regardé, il était quatre heures de l'après-midi.

J'ai dit merci. J'ai plié le deuxième dollar et je l'ai mis dans son bocal à pourboires. J'ai continué à écrire pendant la demi-heure qui a suivi. J'ai entendu deux ou trois mecs — du genre charpentiers — entrer et se demander à haute voix ce que fabriquait ce connard, là-bas, dans le coin, mais je n'y ai pas prêté attention parce que je m'y attendais. J'avais payé mon espace et je me disais que je pouvais l'utiliser à ma guise du moment que je ne vendais ni de la dope ni des polices d'assurance. J'essayais de savoir si j'allais, oui ou non, permettre à une de mes histoires de finir de façon ambiguë, et j'étais aussi à me tracasser pour des questions de ton et de symbolisme dans un texte particulier, quand la nana est revenue vers moi.

« Vous êtes Leon Barlow, c'est ça ? »

J'ai à peine levé les yeux. Je savais que je ne pourrais jamais me la faire. « Ouais, c'est moi », j'ai dit, et j'ai de nouveau baissé les yeux sur mes papiers.

« Vous connaissez Monroe ?

— Ouais.

— C'est lui qui m'a dit que vous écriviez. Il m'a parlé de vous, l'autre soir. Il m'a dit que vous étiez très bon comme écrivain. »

1. L'« heure joyeuse » où les consommations sont à moitié prix.

110

Je n'ai pas répondu que le monde essayait de me couler. J'ai dit : « Bon, mais j'ai rien publié.

— Ça me ferait vraiment plaisir de lire vos écrits un de ces jours. J'adore lire. »

Je l'ai regardée. Sa gentille petite bouche. Son joli petit cul. Une peau comme ma main n'en avait jamais touché d'aussi douce. Celle de Marilyn était grumeleuse, avec des croûtes, des vergetures, de la cellulite — on aurait dit qu'elle avait du gâteau de maïs sur les pieds. Sans parler du fait qu'elle empuantissait la salle de bains. Mais j'avais l'impression que cette adorable petite chose n'était même pas obligée de chier, qu'elle se contentait de lancer des petits pets parfumés. Je ne savais pas ce que lui ferait une vraie bite. Peut-être en mourrait-elle. J'ai de nouveau baissé les yeux vers mon travail.

Et j'ai grommelé : « Je laisse personne regarder mes trucs, sauf Monroe. »

42

Alisha est morte tout de suite après. On a dit que c'était un cas de mort subite du nouveau-né, MSN, mais je ne crois pas que c'était ça. J'ai pensé que c'était ma punition pour avoir abandonné ma femme et ma famille, que c'était la colère de Dieu qui me poursuivrait avec ses hurlements chaque jour de ma vie jusqu'aux confins de la terre. J'avais envie d'aller dans la forêt et de vivre comme un fou dans un trou du sol, vêtu de feuilles, en lançant des cailloux à toute personne qui s'approcherait de moi.

Toute ma famille était là. J'ai été stupéfait, après m'être bourré de tant d'alcool et de marijuana, de pouvoir quand même tenir debout. J'ai signé des papiers, fait des promesses, écouté des prières, des cris et des grincements de dents. J'ai pleuré jusqu'à en avoir les yeux à vif. J'ai accepté une douleur qui ne me quitterait jamais, qui ne me laisserait en paix qu'après des années mais demeurerait toujours là, comme du plomb déposé au fond de mon cœur. Et il y aurait ce triste petit visage tournant son sourire vers moi, ce visage qui me rappellerait toujours, même sur mon lit de mort, Alisha mal née, Alisha l'enfant de Dieu, Alisha l'âme qui flotte à travers l'espace en faisant claquer ses petites mains.

43

Je me suis soûlé et on m'a jeté en prison. On m'a laissé sortir, je me suis soûlé de nouveau, on m'a remis en cabane. J'ai eu amplement le temps de réfléchir à ma situation. Ce n'était pas pour conduite en état d'ivresse, non, rien que pour ébriété sur la voie publique, et rien ne me serait arrivé si je ne l'avais pas ramenée quand les agents ont voulu m'arrêter. La première fois, ils m'ont chopé alors que je descendais la rue, et la deuxième fois alors que je la remontais. La même rue.

Il y avait pas mal d'habitués, là-dedans, des mecs qui purgeaient d'assez longues peines. Tous les détenus avaient la possibilité de réduire leur peine de moitié en effectuant des travaux d'intérêt général, mais aucun d'entre eux, pratiquement, ne voulait le faire. Je suppose qu'ils étaient dans un triste état, et puis ils avaient deux bons repas par jour et la télé — en général des jeux télévisés. J'ai supporté ce régime deux jours, puis j'ai demandé qu'on me laisse aller ramasser des détritus ou un truc de ce genre.

On m'a envoyé aider une vieille dame à préparer des repas pour les détenus dans une cuisine située presque de l'autre côté de la ville. Au début, elle a paru se méfier de moi, mais comme je tenais mes ongles propres, que je me lavais souvent les mains et que je lui disais « madame », il ne lui a pas fallu longtemps pour se mettre à sourire, puis à rire et à me parler de ses gosses déjà grands. Nous avons beaucoup discuté. Je lui ai parlé d'Alisha. Elle me laissait manger tout le temps, et elle me mitonnait de bons petits plats dont les autres prisonniers ne voyaient jamais la couleur. Du jambon, des biftecks, du poisson-chat. Vêtu d'un tablier blanc, je lavais les ustensiles de cuisine et j'allais parfois m'asseoir sur les marches de derrière où je fumais des cigarettes tandis que les gens libres passaient sur le trottoir près de la banque.

Au bout de la ruelle, il y avait un bar : c'était justement celui que j'avais fréquenté. De là où j'étais assis, je voyais les clients entrer et sortir, libres comme l'air. Je pouvais aussi voir l'endroit précis où la flicaille m'avait chopé. Il y avait un grand conteneur à ordures derrière lequel les keufs se cachaient et d'où ils bondissaient pour attraper des poivrots, des mecs qui essayaient juste de parvenir à leur voiture et de s'y endormir pour cuver leur boisson. C'était la méthode qu'ils avaient employée contre moi. La vieille dame, me voyant assis là un après-midi, m'a demandé ce que je regardais.

« Je regarde juste ces gens », j'ai dit.

Je la sentais debout derrière moi. Son mari était mort d'une crise cardiaque l'année précédente, juste un an avant qu'il ne prenne sa retraite. Ils avaient eu le projet d'ouvrir un petit restaurant ensemble quand ils seraient retraités. Un projet mûri pendant dix ans. Maintenant, elle préparait deux repas par jour pour le comté.

« Pourquoi tu ne vas pas là-bas boire une bière ? m'a-t-elle dit. Ça pourrait t'aider à te débarrasser de ton cafard. Si les autres viennent vérifier ce que tu fais, je leur dirai que je t'ai envoyé faire des courses pour moi.

— J'ai pas un radis. On m'a tout pris, en taule. »

Un billet de cinq dollars a glissé sur mon épaule gauche et s'est arrêté juste devant ma poche poitrine. J'ai tourné la tête et j'ai regardé la femme. Elle me souriait comme une très gentille grand-mère. J'ai posé les doigts sur le billet, puis j'ai tenu un instant sa main.

« Mon bébé aussi est mort, a-t-elle dit. Il y a quarante ans. Je peux me débrouiller seule pendant deux heures. »

J'avais envie de pleurer parce que c'était si bien de sentir qu'il y avait autant de bonté dans le monde. Mais au lieu de cela, je me suis levé et j'ai enlevé mon tablier. Je l'ai pendu au clou où je l'accrochais toujours et j'ai regardé la vieille dame. Elle remuait quelque chose sur la cuisinière et de la vapeur montait de ses marmites.

Je me suis approché d'elle et je lui ai serré les épaules. Elle a secoué la tête et m'a tapoté la main. Je suis sorti, j'ai suivi la ruelle en regardant des deux côtés pour m'assurer qu'il n'y avait pas de voitures, surtout pas des flics de la prison. J'avais appris qu'à partir du moment où ils t'ont chopé une fois, ils ont tendance à ne plus te lâcher le train, et je ne voulais plus les voir derrière moi.

Il y avait la lumière signalant *Happy Hour* : la bière était à un dollar. Si je me dépêchais de boire, je pouvais en descendre cinq en deux heures. D'un autre côté, si j'étais manifestement bourré en rentrant en taule, j'attirerais sans doute des ennuis à la gentille vieille dame — je risquais même de lui faire perdre son contrat de cuisinière avec le comté. C'était un dilemme, et je détestais les dilemmes. Je me suis installé sur un tabouret de bar en attendant qu'on me serve.

Il n'y avait pas grand monde. Deux mecs en costume, deux autres en salopette d'ouvriers du bâtiment, deux femmes entre deux âges portant des lunettes de soleil qu'elles ont abaissées, me regardant par-dessus quand je me suis assis. Je me suis demandé si je n'allais pas m'évader, maintenant que j'étais dehors tout seul. Je n'avais plus que trois jours à tirer, ce qui signifiait, en fait, un jour et demi si je restais à la cuisine avec la gentille vieille. J'étais fatigué d'écouter les conneries de la prison tous les soirs, couché sur un matelas de trois centimètres d'épaisseur à contempler le plafond. Sans parler des trucs homosexuels qui se passaient la nuit et que je n'avais pas particulièrement envie d'entendre.

L'adorable nana a surgi de derrière le bar. Elle a eu un énorme sourire en me voyant.

« Eh bien, salut », a-t-elle dit. Elle s'est approchée et elle a joint les mains sur le comptoir. « Où est-ce que tu étais passé depuis tout ce temps ?

— En taule. Je peux avoir une Bud ? »

Elle m'a tendu la bouteille et m'a rendu la monnaie de mon billet de cinq : quatre dollars.

« Monroe m'a dit que tu étais en prison, mais je ne l'ai pas cru. J'ai pensé qu'il me menait en bateau. T'as fait quoi ?

— Je me suis baladé dans la rue. J'avais picolé un peu trop. J'ai fait le malin avec un putain de flic. »

Je regardais partout sauf vers elle, tandis qu'elle m'observait fixement. Je me demandais pourquoi. Je savais que j'avais très mauvaise mine. Je ne m'étais pas rasé depuis neuf jours et mes dents étaient dégueulasses. Je savais que je devais me reprendre sans tarder, parce que ça n'allait pas marcher comme ça, certainement pas.

« Il te reste combien à tirer ?

— Deux ou trois jours. Trois, je crois. Je peux avoir une autre bière ? »

Je n'aurais pas dû boire si vite, mais je le faisais. À ce rythme, j'allais obliger *Happy Hour* à mériter son nom d'heure joyeuse. La fille m'a donné la bière et elle a repoussé le dollar. Hmmmh, me suis-je dit.

Elle est revenue derrière le comptoir où elle s'est mise à faire autre chose. J'avais des cigarettes sans marque et j'en ai allumé une. Elle avait le goût d'un mélange choisi de crottins de cheval séchés. Je ne voulais pas retourner en prison. Mais je ne voyais pas comment m'y prendre. J'ai repensé à me faire la belle. C'était facile. Mais je savais que je finirais par être repris, et alors ce serait sans doute pire. Je suis resté là à boire. J'ai avalé encore deux bières. L'adorable petite nana n'arrêtait pas de me sourire, mais, pour une raison ou une autre, j'avais toujours sur mon visage cette expression qui pousse les autres à rester à l'écart. C'est une expression que je ne fais rien pour avoir. Je ne sais même pas quand elle est là. Mais des gens m'ont dit qu'ils l'avaient remarquée et qu'elle ne me donne pas un air sympathique. Si je savais comment m'en débarrasser, je le ferais.

À la fin, j'ai regagné ma cuisine. Il me restait un dollar. Je l'ai rendu à la vieille dame. Elle s'est contentée de me sourire et de me tapoter la main.

44

Allongé sur mon lit en prison ce soir-là, j'ai contemplé un peu plus le plafond. Des gens l'avaient couvert d'inscriptions à l'aide de briquets ou d'allumettes. Des trucs ignobles, obscènes, les trucs les plus crades qu'on puisse imaginer et d'autres qu'on ne peut même pas. Les lumières ne s'éteignaient jamais, là-dedans : elles restaient allumées vingt-quatre heures sur vingt-quatre. Du coup, il était très difficile de dormir.

Je ne me sentais pas comme un criminel mais j'étais enfermé là avec des criminels. Certains avaient volé, d'autres avaient tué ou presque tué des gens. D'autres encore, comme moi, avaient simplement été arrêtés pour ivresse dans des lieux publics. J'aurais écrit si j'avais eu quelque chose sur quoi écrire, mais finalement je me suis juste endormi.

45

On m'a relâché deux jours plus tard. Il y avait longtemps que je ne m'étais pas senti aussi nul : pas rasé, sale, honteux. Personne ne m'a dit de ne pas revenir. Je savais qu'ils mémorisaient bien ma gueule pour pouvoir me coffrer à nouveau dès que j'aurais la moindre velléité de faire le con.

Je suis sorti. Il faisait chaud. Je n'avais pas pensé à leur demander s'ils avaient enlevé ma voiture. J'ai donc décidé d'aller à pied jusqu'au parking pour voir si elle était toujours là.

C'était loin, à pied. Je me suis presque fait renverser, et pas qu'une seule fois. Il me semblait que tout le monde était pressé. Il était dangereux de descendre du trottoir, ce jour-là.

Ma vieille bagnole était garée toute seule au milieu du parking. Les pneus étaient un peu dégonflés. Quelqu'un avait arraché l'antenne radio. La voiture avait l'air triste, abandonnée. Tout ce que j'espérais, c'est qu'elle allait démarrer.

J'ai ouvert la porte, je suis monté et je me suis assis. Les sièges étaient brûlants. J'ai introduit la clé, j'ai fait tourner le moteur et il a émis un ouah, ouah, ouah. Je l'ai laissé reposer quelques secondes. On avait pas mal souffert, tous les deux. J'avais peur d'être obligé d'avoir recours à une autre batterie, mais je n'avais pas de câbles et, apparemment, il n'y avait personne que je connaissais dans le coin en possession d'une bonne batterie bien neuve. J'ai dit : « Seigneur, s'il te plaît. »

Je l'ai refait tourner : il a toussé, il a pété et il a fini par marcher. J'étais là à le faire rugir. Le bar de l'autre côté de la rue était fermé. Je me suis demandé si l'adorable petite nana serait là ce soir. Je me suis demandé si, après être rentré chez moi, m'être nettoyé, douché et rasé, après m'être coupé les ongles et lavé les dents, il me serait possible de me la faire. Alors je me suis regardé et j'ai dit : « No-o-o-on ».

J'ai jeté un coup d'œil à la jauge à essence. Elle était pratiquement à zéro et je n'avais que deux dollars en poche. Mais j'avais encore, caché chez moi, un peu de l'argent de mon oncle Lou.

Je suis sorti de la ville tant bien que mal, la tête pendante et mes espoirs en berne. Je n'étais pas complètement écrasé. J'avais juste besoin de souffler entre les rounds.

46

Ma maison n'avait pas brûlé ni rien pendant mon absence. Sur la porte de devant étaient punaisés quelques messages de Monroe. Sur l'un : T'ES OÙ ? ÇA FAIT TROIS FOIS QUE JE VIENS. ALLONS BOIRE UNE BIÈRE UN SOIR, MONROE. Sur un autre : IL PARAÎT QUE T'ES

EN TAULE. J'AI PAS D'ARGENT SINON JE TE FERAIS SORTIR, MONROE. Sur le dernier : LYNN M'A DIT QU'ELLE T'A VU L'AUTRE JOUR ET ELLE A DIT QUE T'ES EN TAULE. SI TU SORS PAS VITE JE VERRAI SI JE PEUX PAS EMPRUNTER DU FRIC À MAMAN ET JE TE FERAI SORTIR, MONROE. P.-S. : SI T'ÉTAIS EN CABANE COMMENT ÇA SE FAIT QU'ON T'AIT LAISSÉ ALLER BOIRE DE LA BIÈRE ?

J'ai jeté ces mots à la poubelle et j'ai regardé dans le frigo. Et comme par hasard il y avait là deux bières bien froides. Je me suis demandé qui était Lynn et puis j'ai compris que ce devait être l'adorable petite nana que je voulais assassiner avec ma bite. J'ai pris une des bières, je me suis assis sur le divan et j'ai retiré mes bottes. Aussitôt, je me suis rendu compte que j'avais à peu près neuf jours de courrier entassé dans ma boîte aux lettres. J'ai laissé ma bière sur la table basse et je suis descendu au bout de l'allée en disant « Aïe, merde, saleté ! » à cause de mes pieds nus si tendres sur le gravier. La boîte était pleine de conneries, entre autres d'enveloppes havane contenant mes textes de fiction qui avaient retrouvé le chemin de la maison. Il y avait des lettres de l'avocat de mon ex-femme, des lettres des pompes funèbres, d'autres lettres du marbrier. Il y avait même une lettre de la prison qui était arrivée ici plus vite que moi. J'ai ramassé le tout sans rien examiner de trop près, et je l'ai apporté à l'intérieur de la maison en sautillant sur le gravier et en disant « Oh, merde, aïe ! ». J'avais les pieds trop tendres. Je ne passais jamais beaucoup de temps à me promener pieds nus. C'était ce que faisait Marilyn, en revanche. Elle avait des pieds plus durs que de la brique. Elle pouvait marcher sur des clous, des petits cailloux, n'importe quoi. Elle savait aussi te faire tirer ton coup. Elle savait vraiment s'y prendre. Et elle était également experte pour se faire mettre enceinte. Elle en était déjà à six mois et demi quand nous avons fini par nous marier. J'avais l'impression que son père avait envie de flinguer quelqu'un. Mais par ailleurs je crois qu'il était content de trouver enfin quelqu'un qui la lui prenne.

Rentré dans la maison, je me suis affalé sur le canapé avec mon courrier, j'ai avalé une grosse gorgée de bière, et j'ai viré toutes les lettres ne se rapportant pas à mes écrits. Ce que j'ai remarqué tout de suite, c'est une enveloppe havane que j'avais envoyée avec un texte et qui me revenait sans ce texte. Je savais que ça signifiait quelque chose. Mais je ne savais pas si ça signifiait ce que j'espérais. Ça n'avait peut-être pas de signification du tout. Comme par hasard, la lettre venait d'Ivory Towers, l'endroit où officiait la grande — ou peut-être pas si grande que ça — Betti DeLoreo. La décacheter me posait un dilemme. J'avais peur de l'ouvrir et peur de ne pas l'ouvrir. C'était moi qui avais écrit mon adresse sur l'enveloppe, certes, et la grande machinchouette l'avait renvoyée sans ma nouvelle. Je pouvais sentir que la nouvelle n'était pas dedans. Je l'ai soulevée pour la placer en pleine lumière, mais je ne voyais rien à travers l'enveloppe. Qu'est-ce que cela voulait dire ? Betti DeLoreo avait-elle accepté ma nouvelle ? Est-ce qu'enfin toute ma peine allait être justifiée ? Est-ce que j'avais réussi à forcer le barrage ? Ou bien avaient-ils simplement perdu mon texte et m'écrivaient-ils pour s'excuser ? La tension était difficile à supporter. J'ai déchiré l'enveloppe. À l'intérieur, écrit de la main de Betti DeLoreo, un mot m'était adressé :

Cher Leon,

J'aime beaucoup votre nouvelle, mais j'ai du mal à convaincre le rédacteur en chef que nous devrions la publier. Je sais que ma manière d'agir n'est pas du tout orthodoxe, mais je veux garder votre texte ici un moment et harceler le rédacteur en chef chaque fois que je le pourrai. Le seul problème, c'est que si je le houspille trop, il se mettra en colère et refusera le texte. Il faut que je le travaille très lentement et que j'amène le sujet peu à peu. Pour l'instant, il essaie de rédiger son mémoire de maîtrise et ça ne se passe pas bien pour lui. Pourtant, votre histoire « En violant les morts » plaît beaucoup, ici, et nombreux sont ceux qui l'aiment mais sans avoir le pouvoir de l'accepter ou de la refuser. Si j'étais propriétaire de cette revue, nous la publierions. S'il vous plaît, soyez un peu patient. Votre travail est difficile, complexe, et tout le monde ne le comprend pas. J'ai l'impression qu'il fait peur à certaines personnes et que d'autres en sont jalouses, sans parler de ceux qui sont des écrivains ratés ou qui luttent pour percer — tout cela est très difficile à expliquer. Je n'aime pas les querelles internes qui ont lieu ici, et je supporte encore moins de voir un bon travail d'un auteur inconnu refusé au profit d'un mauvais travail signé par un auteur établi. Je veux vous donner tous les encouragements que je peux. Vous êtes un trop bon écrivain pour rester inconnu à jamais. Il faut vous accrocher, et si cette histoire est refusée, vous n'avez qu'à l'envoyer à quelqu'un d'autre. Écrivez-moi, s'il vous plaît. Ou envoyez un autre texte. Si celui-ci ne passe pas, un autre passera. Je vous en prie, n'abandonnez pas.

Avec mes souhaits les plus cordiaux,

BETTI DELOREO.

Bon, bon, bon, bon, bon. Merde.

47

Le soleil s'est couché tard, ce soir-là, comme toujours. J'étais assis sur le porche de devant à m'émerveiller de la façon dont il illuminait le ciel. C'était très beau, et je ne savais pas ce que j'avais fait pour le mériter. Rien de plus que d'être assis au bon endroit au bon moment, je suppose.

J'ai vu Monroe arriver sur la grand-route, je l'ai vu aussi tourner dans l'allée. Je me suis dit qu'il avait sans doute son coffre plein de bière froide. Ça me convenait tout à fait. Il s'est approché et s'est arrêté à côté de la maison, puis il a passé la tête par la portière. Il était soûl comme un âne.

« Monte, *man*, a-t-il réussi à articuler. On va bouger un peu.

— T'as quelque chose à boire ? On dirait que t'as déjà tout bu. »

Il a hoché la tête et il s'est presque endormi, là, penché à sa portière. J'avais assez de jugeote pour ne pas monter avec lui.

« On va te soûler, mon frè… *man*. On va rouler. On va t'soûler, t't à l'heure. » Tout en parlant, il agitait mollement une boîte de bière et répandait le liquide partout.

Je suis monté avec lui. Nous sommes restés assis cinq minutes, là, dans la voiture. Il a fini par parler.

« J'vais t'dire un truc. J'avais les boules, ces enculés, ils ont mis mon frè… en taule. Pas juste. J'avais plus personne pour tourner en bagnole. Tourné tout seul. Parlé tout seul.

« — Ça va, *man* ?

— Qui ça ? Gmoi ? Égoute. Z'enculés t'foutent encore en cabane, tu m'appelles. J'viendrai en taule avec toi. T'tenir compagnie. Jouer aux cartes. Tu veux une bière ?

— J'en ai une.

— Bon. » Il a passé la marche arrière. « On va faire un tour.

— Tu peux conduire, man ?

— Ouais, gonduire. Égoute. Z'enculés t'emmerdent, tu m'appelles. J'ai un ongle. Mon ongle Dick ! Mon ongle Dick, il traite avec ces gonnards depuis des années. Leur met du fric dans la poche, tu vois. T'inquiète, c'est pas des gonneries. »

Il venait déjà de rouler en marche arrière sur deux vélos au rebut, mais je n'ai rien dit. J'ai tendu la jambe, appuyé sur le frein et arrêté la voiture. Puis je l'ai remise en marche avant.

« Me-erci. On va faire un tour. J'ai rencart, après. J'peux pas rester, faut que j'aille la chercher à six heures. J'peux pas rester longtemps. Il est guelle heure ? »

J'ai regardé ma montre. Il était six heures et demie, et le jour n'avait même pas encore commencé à baisser. J'avais à peu près la moitié d'une bière tiède.

« T'as de la bière froide ? »

Nous avons commencé à rouler dans l'allée, mais il a écrasé les freins et nous avons glissé

sur le gravier. Il a tripatouillé le levier de
changement de vitesses jusqu'à ce qu'il trouve
la marche arrière. Et il s'est mis à reculer. Une
fois de plus, j'ai déplacé mon pied et j'ai appuyé sur le frein.

« T'as de la bière ?

— Guoi ?

— T'as de la bière froide ? »

Il a ouvert la portière et il est tombé à l'extérieur. J'ai appuyé un peu plus fort sur le frein
et j'ai mis le levier de vitesses sur la position de
stationnement. Monroe était à quatre pattes sur
le gravier, et il se dirigeait vers le coffre en
grommelant quelque chose.

Je suis descendu et je lui ai demandé s'il ne
voulait pas me laisser conduire, mais il n'a pas
répondu. J'ai dû l'aider à rentrer dans la voiture. Il ne faisait même pas encore sombre.
J'ai mis Monroe sur la banquette arrière et je
l'ai allongé. Quant à la bière froide, j'avais vu
juste. Le coffre en était plein.

J'en ai pris une et je me suis installé au volant.

« Avec qui t'as rendez-vous, *man* ?

— Vemma. Tu connais Vemma ?

— Velma ? Velma White ?

— Ouais. On va la chercher. »

Il me parlait les yeux fermés. Je ne savais pas
pourquoi il avait voulu se bourrer la gueule à
ce point juste avant de sortir avec une fille. J'es-

pérais qu'une rencontre avec les parents n'était pas au programme.

« J'ai une idée, *man*. T'as qu'à me donner son numéro, je l'appelle et je lui dis que tu peux pas venir.

— No-on, no-on, no-on. Conduis-moi juste chez Vemma. Vemma, sa chatte est top. Vemma, elle m'aime, *man*. Vemma, elle trouve que t'as une belle gueule. On va la sortir à deux. Va chez Vemma. »

Je me suis mis à rouler. Je me disais qu'il importait peu que j'aille ici ou là. De toute façon, j'étais à jeun. J'avais un joint que je m'étais préparé un peu plus tôt, et je l'ai sorti de ma poche, puis je l'ai allumé. J'avais toute cette bière froide à boire, et il me semblait que je pouvais contrôler la situation pendant quelques heures. Cela me suffirait pour que Monroe cuve son alcool en dormant. Je ne voulais pas me mêler de sa vie amoureuse, mais je me souvenais de l'adresse de Velma. J'ai décidé d'y aller en faisant quelques détours.

Monroe avait quelques bonnes cassettes, et dès que j'ai commencé à planer, je les ai mises. Ça me faisait du bien de m'occuper de lui alors qu'il était sur la banquette arrière.

La nuit est tombée. Elle est arrivée lentement. Nous longions la rivière et j'ai regardé les faucons perchés sur les branches les plus hautes des arbres. J'ai vu un énorme hibou sortir des bois et s'agripper à un fil électrique avec ses serres et, une fois assis là, faire pivoter sa tête pour me suivre des yeux tandis que nous passions en voiture. La vie me paraissait plutôt bien. Contrairement à Monroe, je n'avais pas de femme, mais je pouvais au moins me faire plaisir en circulant en voiture. Marilyn avait toujours eu des réserves là-dessus. Nous n'avions jamais pu nous entendre. Elle semblait toujours penser que ce que je faisais était nul, que ça ne donnerait jamais rien, et ç'avait été le cas jusqu'ici. Je n'avais rien vendu, pas publié le moindre mot. Peut-être n'y arriverais-je jamais, mais Betti DeLoreo n'était apparemment pas de cet avis. Je me suis remis à penser à elle. Je savais qu'il valait mieux pas, parce que si je savais réellement à quoi elle ressemblait, je risquais d'être déçu. Elle avait probablement du tartre sur les dents ou un truc comme ça. J'ai décidé que le mieux serait au moins de passer devant chez Velma pour voir si la lumière était allumée. J'avais envisagé de m'arrêter et de lui expliquer ce qu'il en était, de la laisser voir Monroe sur la banquette arrière pour qu'elle comprenne que je ne racontais pas d'histoire.

Nous sommes passés quatre fois devant chez elle. À chaque fois, c'était allumé. Je me rendais compte qu'elle devait être en pétard.

« Hé, *man*, j'ai dit. T'es réveillé ? »

Silence à l'arrière.

« Hé, *man* ! T'es réveillé ? »

Il ne faisait que dormir, et je savais que Velma ne le prendrait pas bien. J'ai décidé de m'arrêter quand même. J'ai effectué un demi-tour rapide en plein milieu de la route et je suis revenu chez elle. Je me suis arrêté devant la maison comme si c'était un endroit qui m'était réservé — après tout, ça l'était presque —, et je me suis couché sur le klaxon. Pendant deux minutes, rien ne s'est passé. Puis quelqu'un est venu à la porte de devant pour jeter un coup d'œil dehors. Une deuxième personne est arrivée et a regardé à son tour. Je me suis dit que cette deuxième personne devait être le père de Velma avec un fusil. J'ai lâché le klaxon.

J'étais déjà en marche arrière lorsque Velma est sortie. Elle portait un pantalon blanc, un chemisier noir, et elle avait un sac à main. J'étais furieux d'avoir eu l'idée de m'arrêter.

« Salut, Velma, j'ai dit. Moi, c'est Leon. Tu te souviens ? »

Elle a passé la tête à l'intérieur de la voiture. J'ai allumé le plafonnier pour qu'elle puisse voir Monroe.

« Qu'est-ce qui lui arrive ? » a-t-elle dit. Elle a regardé sa montre. « Il a deux heures de retard.

— J'ai l'impression qu'il a une petite perte de conscience. Je suis étonné que tu aies attendu aussi longtemps.

— Qu'est-ce que t'as fait ? Tu l'as emmené et tu l'as soûlé ? »

J'ai réfléchi. Je me rappelais combien elle avait été méchante lorsque ses frères s'étaient fait tuer, mais c'était compréhensible. En revanche, je ne savais pas pourquoi Monroe traînait avec elle, même s'il avait dit qu'elle avait une chatte top. C'était d'ailleurs sans doute vrai, puisque la pire chatte que j'avais connue était déjà magnifique.

« Ouais, j'ai dit. Je l'ai ligoté, je lui ai collé un entonnoir dans la bouche et je lui ai versé dix Old Milwaukee dans le bide. Puis je lui ai versé quatre doses de schnaps à la menthe. Puis deux doses de whisky. Puis un verre de cognac. Puis deux Martini. Et puis il a dégueulé. Mais j'ai continué à lui vider des trucs dans la bouche. J'ai ouvert une bouteille de tequila.

— Arrête tes conneries », a-t-elle dit. Elle a fait le tour et elle est montée du côté passager. « T'as qu'à me conduire en ville, je le ferai dessoûler au bout d'un moment. T'as une bière ?

— Le coffre en est plein.

— Eh bien, si tu m'en sortais une ?

— C'est ton papa, qui nous regarde par la fenêtre ?

— Ouais. Il me surveille comme un faucon, maintenant. Où elle est, cette bière ? »

Une fois la bière avalée, la glace a été brisée. Il me restait un bout de joint, et nous l'avons

132

partagé. Quand nous sommes arrivés en ville, nous n'arrêtions pas de rire et de parler, et nous chantions en mesure avec les cassettes de Monroe. Je me sentais un peu coupable, mais il était encore en train de roupiller sur la banquette arrière. Quand nous sommes parvenus au bar, il ne s'était toujours pas réveillé, et Velma s'était glissée tout près de moi sur le siège avant. Et au moment où nous nous sommes arrêtés, elle a dit qu'elle n'avait pas vraiment envie d'y entrer : « Ne pourrions-nous pas continuer à rouler un peu ? » J'ai répondu : « Oui, bien sûr. »

Je ne me rappelle plus rien de ce qui s'est passé ensuite. Je sais qu'il s'est produit plein de choses, mais je ne me rappelle pas lesquelles.

48

Nous étions dans un fossé quand nous nous sommes réveillés. Il était plein de boue et nous en avions partout sur nous. Il y en avait aussi sur tous les sièges. Elle avait séché sur le tableau de bord, sur nos vêtements, sur le tissu du plafond. Nous étions quelque part en plein dans les bois, comme toujours. Le soleil brillait. Il était neuf heures du matin. Ma bouche me donnait l'impression d'une boule de coton, et les moustiques s'étaient repus de nous toute la nuit. Monroe dormait toujours sur la banquette arrière. Je l'ai réveillé et nous avons joué à pile ou face pour savoir qui irait jusqu'à la route pour faire signe à quelqu'un de s'arrêter et de venir nous tirer hors d'ici. Il a gagné. Ou perdu.

49

J'ai dormi à peu près deux jours et puis je me suis remis à mon travail. J'ai envisagé de peindre quelques maisons rien que pour garder la main et m'assurer quelque argent pour l'hiver, mais je ne pouvais pas vraiment m'y résoudre. Me défaire d'un peu de ma liberté m'était difficile. Cette bonne vieille liberté était vraiment bien.

Raoul est passé me rendre visite un jour, mais je n'ai pas voulu le laisser entrer. Il pouvait me voir, je pouvais le voir, mais je restais assis à ma machine à taper des mots. Alors il s'est mis à frapper, et le manège a duré longtemps. Il a crié quelque chose, plusieurs choses, mais je n'ai pas écouté. J'avais pour ainsi dire décidé de ne plus jamais écouter personne pendant le reste de ma vie. Comme il continuait à frapper, je me suis levé et je suis allé mettre du Johnny Winter sur la chaîne hi-fi sans m'occuper de Raoul. Il a encore frappé. J'ai commencé à écrire une histoire sur une femme, un homme et une petite fille qui marchent sur un trottoir tard le soir. La petite fille, en longue robe blanche, était obligée de courir pour ne pas être distancée par sa mère et son père qui fuyaient quelque chose de tout à fait horrible. Je voyais que ça se passait dans une rue sombre d'un coin du New Jersey sous la pluie, et je me demandais quelles pensées pouvaient bien traverser la tête de la petite fille. Elle courait pour ne pas rester en arrière, sa mère lui tenait à peine la main, ses pieds nus volaient sur les trottoirs mouillés, descendaient et remontaient sur les bordures quand ils traversaient des ruelles. Elle avait des cheveux longs et châtains, et elle tendait le bras devant elle pour ne pas perdre la main de sa mère tout en faisant voler ses pieds. J'ai conservé cette image en moi, cette vision de désespoir, de fuite et de peur, jusqu'à ce que Raoul cesse de frapper et s'en aille — tout triste, j'en ai eu conscience. Je suis allé chercher une bière dans le frigo. Je me suis de nouveau assis à ma machine à écrire. Il fallait que je découvre ce qui les faisait fuir. Il fallait que je sache si la petite fille allait se retrouver en sécurité. Je n'étais pas sûr qu'elle y parvienne. Mais quel que soit le danger qu'elle fuyait, je savais que je devais l'y soustraire et que j'étais la seule personne en mesure de le faire. Ils couraient à perdre haleine, les voitures passaient, et je pouvais voir les trottoirs glissants, les lumières des magasins, je pouvais voir mon père et ma mère regarder par-dessus leur épaule la chose qui nous avait pris en chasse, et je courais de toutes mes forces, terrifié, sans savoir comment tout cela allait se terminer. Mais ce que je savais, c'était qu'il me fallait savoir.

M. AMIS — *L'état de l'Angleterre*, précédé de *Nouvelle carrière* (Folio n° 3865)

Entre vision iconoclaste du milieu de l'édition et errements sexuels et sentimentaux de personnages pathétiques, Martin Amis dresse avec un comique décapant un portrait du monde anglo-saxon.

G. APOLLINAIRE — *Les Exploits d'un jeune don Juan* (Folio n° 3757)

Un roman d'initiation amoureuse et sexuelle, à la fois drôle et provocant, par l'un des plus grands poètes du XXᵉ siècle.

ARAGON — *Le collaborateur* et autres nouvelles (Folio n° 3618)

Mêlant rage et allégresse, gravité et anecdotes légères, Aragon riposte à l'Occupation et participe au combat avec sa plume. Trahison et courage, deux thèmes toujours d'actualité…

T. BENACQUISTA — *La boîte noire* et autres nouvelles (Folio n° 3619)

Autant de personnages bien ordinaires, confrontés à des situations extraordinaires, et qui, de petites lâchetés en mensonges minables, se retrouvent fatalement dans une position aussi intenable que réjouissante…

K. BLIXEN — *L'éternelle histoire* (Folio n° 3692)

Un vieux bonhomme aigri et très riche se souvient de l'histoire d'un marin qui reçoit cinq guinées en échange d'une nuit d'amour avec une jeune et belle dame. Mais parfois la réalité peut dépasser la fiction…

L. BROWN — *92 jours* (Folio n° 3866)

Entre désespoir et solitude, dans une Amérique rurale, le portrait lumineux et dur d'un homme qui croit en son talent.

S. BRUSSOLO — *Trajets et itinéraires de l'oubli* (Folio n° 3786)

Aux confins de la folie, une longue nouvelle vertigineuse par l'un des maîtres de la science-fiction française.

137

J. M. CAIN *Faux en écritures* (Folio n° 3787)

Un texte noir où passion rime avec manipulation par l'auteur du *Facteur sonne toujours deux fois.*

A. CAMUS *Jonas ou l'artiste au travail,* suivi de *La pierre qui pousse* (Folio n° 3788)

Deux magnifiques nouvelles à la fin mystérieuse et ambiguë par l'auteur de *L'Étranger.*

T. CAPOTE *Cercueils sur mesure* (Folio n° 3621)

Dans la lignée de son chef-d'œuvre *De sang-froid,* l'enfant terrible de la littérature américaine fait preuve dans ce court roman d'une parfaite maîtrise du récit, d'un art d'écrire incomparable..

COLLECTIF *Il pleut des étoiles...* Portraits de Stars de cinéma (Folio n° 3864)

Berceau du 7ᵉ art, Hollywood a créé des êtres à part : les *Stars.* Acteurs ou réalisateurs, leur talent, leur beauté, leurs amours et leurs caprices, leur destin souvent tragique ont bouleversé et fasciné des millions de spectateurs.

COLLECTIF *« Leurs yeux se rencontrèrent... »* Les plus belles premières rencontres de la littérature (Folio n° 3785)

Drôle, violente, passionnée, surprenante, la première rencontre donne naissance aux plus belles histoires d'amour de la littérature mondiale.

COLLECTIF *« Ma chère Maman... »* (Folio n° 3701)

Ces lettres témoignent de ces histoires passionnées de quelques-uns des plus grands écrivains avec la femme qui leur a donné la vie.

J. CONRAD *Jeunesse* (Folio n° 3743)

Un grand livre de mer et d'aventures.

J. CORTÁZAR *L'homme à l'affût* (Folio n° 3693)

Un texte bouleversant en hommage à un des plus grands musiciens de jazz, Charlie Parker.

D. DAENINCKX   *Leurre de vérité* et autres nou-
                        velles (Folio n° 3632)

Daeninckx zappe de chaîne en chaîne avec férocité et humour
pour décrire les usages et les abus d'une télévision qui n'est que
le reflet de notre société...

R. DAHL   *L'invité* (Folio n° 3694)

Un texte plein de fantaisie et d'humour noir par un maître de
l'insolite.

M. DÉON   *Une affiche bleue et blanche* et
                        autres nouvelles (Folio n° 3754)

Avec pudeur, tendresse et nostalgie, Michel Déon observe et raconte les hommes et les femmes, le désir et la passion qui les
lient... ou les séparent.

S. ENDÔ   *Le dernier souper* et autres nou-
                        velles (Folio n° 3867)

Au cœur d'un Japon tourné vers l'avenir, Shûsaku Endô essaie de
réconcilier traditions ancestrales et enseignement catholique,
péché et obsession du rachat, souffrance et courage.

W. FAULKNER   *Une rose pour Emily* et autres
                        nouvelles (Folio n° 3758)

Un voyage hallucinant au bout de la folie et des passions les plus
dangereuses par l'auteur du *Bruit et la fureur*.

F. S. FITZGERALD   *La Sorcière rousse*, précédé de
                        La coupe de cristal taillé (Folio
                        n° 3622)

Deux nouvelles tendres et désenchantées dans l'Amérique des
Années folles.

R. GARY   *Une page d'histoire* et autres
                        nouvelles (Folio n° 3753)

Quelques nouvelles poétiques, souvent cruelles et désabusées,
d'un grand magicien du rêve.

J. GIONO   *Arcadie... Arcadie...,* précédé
                        de *La pierre* (Folio n° 3623)

Avec lyrisme et poésie, Giono offre une longue promenade à la
rencontre de son pays et de ses hommes simples.

W. GOMBROWICZ   *Le festin chez la comtesse Fritouille*
                       et autres nouvelles (Folio
                       n° 3789)

Avec un humour décapant, Gombrowicz nous fait pénétrer dans
un monde où la fable grimaçante côtoie le grotesque et où la réalité frôle sans cesse l'absurde.

H. GUIBERT   *La chair fraîche* et autres textes
                       (Folio n° 3755)

De son écriture précise comme un scalpel, Hervé Guibert nous
offre de petits récits savoureux et des portraits hauts en couleur.

E. HEMINGWAY   *L'étrange contrée* (Folio n° 3790)

Réflexion sur l'écriture et l'amour, ce court roman rassemble
toutes les obsessions d'un des géants de la littérature américaine.

E. T. A. HOFFMANN   *Le Vase d'or* (Folio n° 3791)

À la fois conte fantastique, quête initiatique et roman d'amour,
Le Vase d'or mêle onirisme, romantisme et merveilleux.

H. JAMES   *Daisy Miller* (Folio n° 3624)

Un admirable portrait d'une femme libre dans une société engon-
cée dans ses préjugés.

F. KAFKA   *Lettre au père* (Folio n° 3625)

Réquisitoire jamais remis à son destinataire, tentative obstinée
pour comprendre, la *Lettre au père* est au centre de l'œuvre de
Kafka.

J. KEROUAC   *Le vagabond américain en voie de
                       disparition*, précédé de *Grand
                       voyage en Europe* (Folio n° 3694)

Deux textes autobiographiques de l'auteur de *Sur la route*, un des
témoins mythiques de la *Beat Generation*.

J. KESSEL   *Makhno et sa juive* (Folio
                       n° 3626)

Dans l'univers violent et tragique de la Russie bolchevique, la
plume nerveuse et incisive de Kessel fait renaître un amour aussi
improbable que merveilleux.

R. KIPLING   *La marque de la Bête* et autres
                       nouvelles (Folio n° 3753)

Trois nouvelles qui mêlent amour, mort, guerre et exotisme par
un conteur de grand talent.

LAO SHE — *Histoire de ma vie* (Folio n° 3627)

L'auteur de la grande fresque historique *Quatre générations sous un même toit* retrace dans cet émouvant récit le désarroi d'un homme vieillissant face au monde qui change.

LAO-TSEU — *Tao-tö king* (Folio n° 3696)

Le texte fondateur du taoïsme.

J. M. G. LE CLÉZIO — *Peuple du ciel,* suivi de *Les bergers* (Folio n° 3792)

Récits initiatiques, passages d'un monde à un autre, ces nouvelles poétiques semblent nées du rêve d'un écrivain.

P. MAGNAN — *L'arbre* (Folio n° 3697)

Une histoire pleine de surprises et de sortilèges où un arbre joue le rôle du destin.

I. McEWAN — *Psychopolis* et autres nouvelles (Folio n° 3628)

Il n'y a pas d'âge pour la passion, pour le désir et la frustration, pour le cauchemar ou pour le bonheur.

Y. MISHIMA — *Dojoji* et autres nouvelles (Folio n° 3629)

Quelques textes étonnants pour découvrir toute la diversité et l'originalité du grand écrivain japonais.

MONTAIGNE — *De la vanité* (Folio n° 3793)

D'une grande liberté d'écriture, Montaigne nous offre quelques pages pleines de malice et de sagesse pour nous aider à conduire notre vie.

K. ÔÉ — *Gibier d'élevage* (Folio n° 3752)

Un extraordinaire récit classique, une parabole qui dénonce la folie et la bêtise humaines.

C. PAVESE — *Terre d'exil* et autres nouvelles (Folio n° 3868)

Trois nouvelles, trois variations sur l'impossibilité du couple.

L. PIRANDELLO — *La première nuit* et autres nouvelles (Folio n° 3794)

Pour découvrir l'univers coloré et singulier d'un conteur de grand talent.

E. A. POE   *Aventure sans pareille d'un certain
                            Hans Pfaall* (Folio n° 3862)

Une histoire burlesque et merveilleuse, admirablement écrite, par
l'un des plus grands génies de la littérature américaine.

R. RENDELL   *L'Arbousier* (Folio n° 3620)
Une fable cruelle mise au service d'un mystère lentement dévoilé
jusqu'à la chute vertigineuse...

P. ROTH   *L'habit ne fait pas le moine*, pré-
                            cédé de *Défenseur de la foi*
                            (Folio n° 3630)

Deux nouvelles pétillantes d'intelligence et d'humour qui démon-
tent les rapports ambigus de la société américaine et du monde
juif.

D. A. F DE SADE   *Ernestine.   Nouvelle   suédoise*
                            (Folio n° 3698)

Une nouvelle ambiguë où victimes et bourreaux sont liés par la
fatalité.

B. SCHLINK   *La circoncision* (Folio n° 3869)
Après le succès mondial du *Liseur*, Bernhard Schlink nous offre
un texte lucide et désenchanté sur l'amour et la mémoire.

L. SCIASCIA   *Mort de l'Inquisiteur* (Folio
                            n° 3631)

Avec humour et une érudition ironique, Sciascia se livre à une
enquête minutieuse à travers les textes et les témoignages de
l'époque.

G. SIMENON   *L'énigme de la* Marie-Galante
                            (Folio n° 3863)

Une courte histoire pour découvrir l'atmosphère, l'humour et les
personnages hauts en couleur de Simenon, l'un des maîtres du
roman policier.

I. B. SINGER   *La destruction de Kreshev* (Folio
                            n° 3871)

Un bref chef-d'œuvre dans lequel Isaac Singer raconte avec talent
les Juifs de la Pologne d'avant-guerre où se côtoient religion et
surnaturel.

P. SOLLERS   *Liberté du XVIIIème* (Folio n° 3756)
Pour découvrir le XVIIIe siècle en toute liberté.

M. TOURNIER   *Lieux dits* (Folio n° 3699)

Autant de promenades, d'escapades, de voyages ou de récréations auxquels nous invite Michel Tournier avec une gourmandise, une poésie et un talent jamais démentis.

M. VARGAS LLOSA   *Les chiots* (Folio n° 3760)

Mario Vargas Llosa, écrivain engagé, raconte l'histoire d'un naufrage dans un texte dur et réaliste.

P. VERLAINE   *Chansons pour elle* et autres poèmes érotiques (Folio n° 3700)

Trois courts recueils de poèmes à l'érotisme tendre et ambigu.

VOLTAIRE   *Traité sur la Tolérance* (Folio n° 3870)

Une réflexion très actuelle sur le système judiciaire, la responsabilité des juges et les effets pervers des lois.

Composition Nord Compo
Impression Novoprint
à Barcelone, le 20 avril 2003
Dépôt légal : avril 2003

ISBN 2-07-042864-8./Imprimé en Espagne.